翳羽之约

周旋 著

中国言实出版社

图书在版编目（CIP）数据

云翳之约 / 周旋著. -- 北京：中国言实出版社，
2022.12

ISBN 978-7-5171-4337-6

Ⅰ.①云… Ⅱ.①周… Ⅲ.①长篇小说—中国—当代
Ⅳ.①I247.5

中国国家版本馆CIP数据核字(2023)第003390号

云翳之约

责任编辑：郭江妮
责任校对：王建玲

出版发行：中国言实出版社
　　　　地　　址：北京市朝阳区北苑路180号加利大厦5号楼105室
　　　　邮　　编：100101
　　　　编辑部：北京市海淀区花园路6号院B座6层
　　　　邮　　编：100088
　　　　电　　话：010-64924853（总编室）　　010-64924716（发行部）
　　　　网　　址：www.zgyscbs.cn　　电子邮箱：zgyscbs@263.net

经　　销：新华书店
印　　刷：成都市兴雅致印务有限责任公司
版　　次：2023年4月第1版　　2023年4月第1次印刷
规　　格：880毫米×1230毫米　　1/32　　6印张
字　　数：144千字

定　　价：75.00元
书　　号：ISBN 978-7-5171-4337-6

目录

第一章　蜕变

1

只要不出警，中午大部分时候都是安静的。一年四季的午休时间，院子里的一切都静悄悄的，似乎在等待一个盛大的节日。

红色的车库卷闸门，高高耸立的训练塔，还有院墙边上的一排白玉兰树，它们无时无刻不在营造那种节日来临前的静谧氛围。

即使出警，也只会闹腾几分钟，等消防车都开出了院子，一切又变得静悄悄了。

七月中旬，夏天才刚刚过了一半。院子里的草变得更青了，香樟树的叶子颜色也深了一些。知了的叫声使得白花花的阳光更加刺眼。

一期士官黄威正坐在岗亭里，这是一个难得可以清静的角落。前一天晚上出了警，此刻他有些昏昏欲睡。不过这种昏昏沉沉的睡意也让他感觉到惬意。

他一米七五左右，肤色微微发黄，一头板寸拾掇得一丝不苟，指甲剪得干干净净，整个人看上去干练利落。

一转眼，他已经在这里待了五年了。五年前来到这个中队的时候，消防队周围的两层小楼还没有盖起来。当时，消防队是这条路上最有看相的地方。周边都是荒地和一排有着灰颜色外墙的老房子，开着小卖部、早餐店还有一两家修车铺，生意惨淡，像是随时会关门歇业。

　　五年前，黄威大专毕业，刚好二十一岁，家里托关系给他在小县城找了一份司机的差事——给纺织厂的厂长开车。

　　别看这么一个差事，在当地人眼里却是香饽饽。不知道是谁多嘴，原来的司机刚离职不多久，厂长要换司机的消息就传得沸沸扬扬。厂长整天因为一些领导给他打电话要解决就业问题而烦躁不堪，厂长的老婆却是受益者。那段时间，她的包都换了好几个。

　　黄威的父母和厂长是一个镇子上的，从小厂的爹妈顾不上他的时候，厂长就在黄威家里蹭吃蹭喝。厂长排除各路压力决定把黄威留在身边好好培养培养，因为这个，厂长老婆罚他睡客厅睡了好一阵儿。厂长怕老婆那是众所周知的事情。

　　然而，事与愿违。黄威的父母很快就发现，儿子大了，很多事情也不能由他们做主了。

　　黄威不顾众人反对，踏上去部队报到的绿皮火车时，父母两人站在送行的人群中冲他挥手。黄威心里没有一丝丝难受，他用力地朝父母挥了挥手。

　　大专毕业以后，一部分同学已经开始准备结婚，还有一部分开始打工，有资源的那些已经混了个有编制的岗位或者自己开始做生意。那些，都不是黄威想要的。有人跟他说，好男不当兵。也有人跟他说，不当兵后悔一辈子。黄威笑笑，好像别人说的都是对的。但最后，他选择了穿上军装。

　　坐在岗亭里，黄威已经快要支撑不住了，他正在犹豫要不要靠在椅子上睡一觉，但想到前一天中队长的训话，心里还有些打鼓。前一天，有一个和他同一年的消防兵在岗亭睡觉，被中队长当着全队骂得很惨。晚上洗澡的时候，两人在淋浴间碰到，黄威还安慰他说，不要放在心上。那人说，你看我像是放在心上的样子吗？

两人相视一笑，反正都快要走了，大部分人都会在最后的时间里放松一下。

一期士官黄威不抽烟、不喝酒、不打牌。在中队，他却不是一个边缘人物。说来也奇怪，有人为了融入集体，用尽浑身解数，从一张白纸变成了老油条，而黄威却从来做得不露痕迹。甚至新兵也不觉得他像一些老兵那样，喜欢用一些举动将自己和他们区分成两个世界的人。

他最后不知道自己睡着没有，如果不是有人站在窗外喊了一声的话，或许他意识不到自己刚刚已经在不经意间小寐了片刻。

窗户外面，是一张充满朝气的脸，虽然因为流汗使得他有些狼狈，不过那也掩盖不了这个人身上的那种质朴纯粹的气场。

黄威和他聊了几句以后，用岗亭的座机给中队干部打了一个电话。片刻之后，他推开了岗亭的玻璃："您先进来等一下吧。"

他招呼那位新来的干部到岗亭的接待室先坐一下。

2

杜军在黄威的帮助下把一个手推箱和一个又大又重的行军包搬进了接待室。这接待室只有六七个平方，摆着长条沙发、茶几还有收纳柜。

杜军在空调房里站定以后，没有急着坐下，他揪住胸前的衣服，前后开始扇风。

"我被出租车司机坑了。"他看黄威正一脸纳闷地看着自己，解释道，"原本他应该把我送到门口，但他骗我说那个路口旁边就是消防队。"

"那估计害你多走了两千米。"黄威笑着说。

　　上周日，他们就听说马上要分来一个干部了。黄威没想到自己竟是整个中队第一个见到他的人。

　　过了一会儿，就看见两个干部带着两个上等兵往岗亭这边走了。他们接过杜军的行李，虽然杜军坚持要自己拿进去，但没有拗过他们。他们穿过一片花园，杜军被领到了一个队列面前，中队长介绍了杜军的情况，然后让杜军讲两句。杜军一时还有些不适应，但在大家的掌声中他只好上前说了几句。后来他回想自己到底说了什么，已经记不起来了，但所有人好像都听懂了他要表达的意思，或者说，他说了什么不重要，重要的是，所有人都知道中队又来了一个干部。有些在队列里相视一笑，有些表情漠然，还有的一脸期待地盯着他，但杜军在骄阳下无法分辨他们到底是什么态度。

　　收拾好行李以后，就有人在一班门口喊报告。寝室现在就只有他一个人，刚有个列兵进来问他需不需要帮忙，杜军婉拒了。

　　杜军问他有什么事，那人穿着打篮球穿的裤头背心分不出来什么级别，他告诉杜军，中队长喊他下去打篮球，杜军说马上下去。然后又从刚收到柜子里的衣服里找自己的篮球服。

　　那一天过得很忙碌，好像从杜军走到中队大门口的那一刻起，他就像已经被拧紧的发条。

　　待了一段时间以后，杜军发现中队士官说得没错，这个中队的警情不是特别多，但也不少，基本上每天都有，大部分都是救援类警情。比起闹市区的那些中队每天都有很多起来说，这里算是轻松的，可即使这样已经让人没有松懈的机会了。虽然警情不多不少，但其他的事情挺多。有很多上级来这里参观检查，开发区虽然偏远，但这里正在一天天变得繁荣起来，周围的马路也比主城区修得宽敞平整，像是一个风水宝地。中队长告诉杜军，就是这种中队才最容易被上级评为先进或者标兵，所以不能有任何松懈。杜军刚毕业，还没有领会到中队长的意思，不过他把这句话记在了心里。

<h1 style="text-align:center">3</h1>

杜军渐渐发现实际情况跟自己在军校想象得有些不一样。王磊也在电话里跟他诉苦："军校白读了，学的东西在中队完全派不上用场，每天不是出警就是训练，把人都搞得晕头转向。"

杜军说："那句话怎么说来着？书到用时方恨少，说明咱们学得还不够，还要加强学习，终生学习啊。"

王磊让杜军打住："能不能好好聊天？"

杜军话锋一转："行了，都不容易，不过你们中队警多点还好一些，人都忙着出警，不像我这里，警不多不少，人就可以分心干其他事情。"

王磊说："快说说你是不是被排挤了，好让兄弟我开心开心。"

杜军不上套："兄弟啊，说话小心点，不要被别人听到了。"

"你放心好了。"

"那改天等休息了，你请我吃饭，我告诉你。"

王磊恍然大悟："搞半天，你是想让我请你吃饭啊。"

"那可不？"

门口小卖部的老板娘，时常来找杜军聊天。跟他请教一些字怎么念，杜军有的也不认识，只好翻字典，老板娘夸杜军："这个中队就你最有文化。"

杜军笑着说："这话可别让其他人听到了。"

"我儿子也当兵去了，那天看你来报到的时候，我越看越觉得你们俩长得像。"

杜军被说得还有些不好意思，他笑着对老板娘说："那您就把我当成儿子吧，有什么要帮忙的尽管吩咐。"

老板娘很慈祥地笑了。

中队有一个叫张涛的士官，他每次看见杜军总是一副很挑衅的眼神，像是杜军脸上长了不干净的东西一样。

他一开始对杜军不搭不理，看着杜军一天天适应下来，没出什么太大的乱子，倒有些不开心，据说他准备第五年干完就回家。

杜军知道这人对自己有些不服，也就有意无意地回避，避免和他有太多交集。

谁知道张涛偏偏觉得这样不够，他有一天带了三四个人一起来找到杜军，问杜军借钱，说是自己家里出了事情。杜军一看那阵仗，倒也没有被吓到。

他忽然想到一句话，有人的地方就有江湖，有江湖的地方就有是非，为了不招惹是非，杜军反问他一句："家里出了什么事情？要不要给中队长报告一下，你要是不好意思，我可以代劳，不然到时候中队长还说我有事情瞒着他。"

张涛没想到杜军会这样反应，一时没招架住，不过他很快稳住了阵脚："排长啊，我这是信任你啊，你可千万别给中队长说，你说了可就是害了我，大家都是兄弟一场，虽然你现在是上级，是领导，但将来脱了军装，我们还是好兄弟不是吗？兄弟有难，要互相帮衬一下。"

杜军最后没借钱，也没有向中队长报告这件事情。倒是张涛把这事情传了出去，说杜军这人十分小气，不仅记仇，而且拿着那么多工资一点不体恤下属。

有些人居然信了他的话。

黄威安慰杜军："清者自清，对有些人，你越是在意，他们反而越得意。对于这些人，最好的方法就是不理睬他们。"

杜军夸黄威总是能总结出一两句至理名言。有时候，倒是很管用。

黄威说："这还不是这么多年政治学习学得好。"

杜军一脸怀疑的表情盯着黄威，眼神中还带着一丝鄙视的成分。

黄威拨乱反正："我这不是夸自己，我的意思是，任何东西，包括政治学习必须要有属于自己的独特的领悟。"

杜军有些不解："什么才能称之为属于自己的？"

黄威现在占了上风，就开始扬扬得意，不准备也不屑于回答这个问题，杜军也没有继续追问，他明白，黄威不愿意说的时候，就真的不会说。

杜军发现，黄威这人有个特点，别人说的话他也听得进去，但他很难轻易被什么影响。

杜军并不是非要黄威来开导，杜军这个人其实不会被太多复杂的东西左右。他像一个高速运转的机器，有时候，他的频率快到几乎听不见自己内心真正的声音。

4

离退伍的时间越来越近了，上级已经通知中队尽快安排战士们回程的事宜。

本来这一天出警，黄威是可以不用去的。其他几个要走的士官和上等兵最近都是优哉游哉的样子。

开发区中队地处郊区，近来很是平稳，否则警情太多，人手不够的时候，他们还是要上场的，不是都说站好最后一班岗吗？

第二天他们就要走了，几个人已经上交了肩章和领花。往年看别人交了领花和肩章的时候不觉得有什么，现在轮到自己的时候，黄威还有些失落。

他原本没有打算要在这一年退伍，可家里出了事情，他父亲住院了，而母亲在电话里告诉他，家里已经没有多少积蓄了，估计医疗费怕是没有着落。而黄威手上攒了一部分钱，不多，可以应急，但要是这次治疗情况不好，估计还有下一次，这样一来到时候家里就难办了。母亲很简单地介绍了情况，没有继续渲染，也没有抱怨。她甚至没有问黄威之前提到的马上面临的晋升的事情。

黄威没有告诉任何人家里的困难，可在中队摸底哪些人要走哪些人要留的时候，面对热心的中队干部，他还是不得不说出了实情。后来大家都捐了款，这点心意让黄威十分感动。

最后他还是选择了复员。母亲一个人怕是照顾不过来，他很清楚母亲的性格。她有了难处的时候，反而比以前更沉默。她一直都是一个吃苦耐劳的人。

黄威坐在消防车上的时候，身边的人都没有表现出什么。

"再跟您确认一下地点，邮电小区 5 号楼 201，是吗？"杜军拨通了报警人的电话，再次核对信息。

"是的，你们快到了吗？快点来呀……"

报警人有些焦急了，估计再说下去也会是一些抱怨的话。

"我们还有两分钟到，麻烦到小区门口接应一下。"

挂了电话，杜军看了看后排，黄威正坐在窗口，光线太暗，看不清他的脸。此刻黄威正坐在窗前，看着窗外穿流而过的汽车和行人，思绪不知此时已经飘向了何处。后排另外三个战斗员还在小声聊着天，黄威完全没有要融入那个小集体的意思。

离目的地很远的时候，已经可以看见青黑色的烟雾正在空中流窜。

报警时间太晚，再烧下去，可能就麻烦了。好在没有人员被困。

杜军和黄威一起进了火场，水很快就供上来了，水柱直射明火，吱吱啦啦的声响不时传出来，浓烟更加密集地翻滚上来，室内的温度一时间又升高了几度，不过他们知道应该很快就会消停下来。

火熄了以后，退场时，一个上等兵却不小心被水带绊倒，从楼梯上滚了下去，哐当哐当一阵响，动静很大，感觉氧气瓶都快要被楼梯的铁栏杆撞破。

人没有摔得太狠，但脸上划了一道口子，汩汩地流血。

这件事情中队没有向上级报告。临近退伍，历来是敏感时期，如果捅到上面去，可能谁脸上都不光彩。

后来处理及时，那上等兵脸上也没有留疤。

可这件事情让杜军在中队的处境变得有些微妙，中队长连着好长时间没给他好脸色看。

黄威最后走的时候，又把杜军拉到一边表示了自己的歉意，没想到事情会变成这个样子。

杜军觉得自己并没有做错什么，他让黄威安心回家，不要有什么思想包袱。

5

黄威走后，杜军就少了一个可以说心里话的人，也少了一个可以时常开导自己的人。

只是他常常忽略自己的心情。忘记从什么时候开始，他已经变成了那种懒得去关注自己心情的人。

有一次，杜军要给中队长和指导员报告一个情况，就去干部宿舍找他们，结果到门口听到中队长和指导员正说起他。

中队长说："你说这杜军是大队长什么亲戚吗？怎么每次开会都表扬他？"

指导员立刻反驳道："怎么可能？你听说没有，他们这一批学员，就他一个分在这么偏的中队，大队长要是他亲戚还不帮他跑跑关系分到主城区？"

"关键是，每次开队务会，大队长都表扬他，批评咱俩，这让我很不好受啊。"

"就是啊，想来都气，还是多提防着点。"

杜军后来没有敲门进去。他这才发现，自己之前就感觉到的一些不合理的事情原来是有原因的。先前，他总是一再遇到各种突发状况，比如他刚安排的工作，战士们正在执行，忽然中队长或者指导员又有了新的指示，大家只好听中队长或者指导员的，把他晾在一边，搞得他上不去下不来；再比如他组织的活动，执行有问题的时候，中队长和指导员就毫不客气地批评他，让他当着战士的面颜面扫地。

王磊也遇到过这样的事情，但好在他有个当领导的舅舅，其他人都不敢太过分，他舅舅也经常去中队转转，王磊的日子也就好过很多。

排长当了一年以后，杜军就提了副连。排长其实只是一个说法，带着红肩章，其实已经是副连职干部了，只是政策规定了，军校学员和大学生入伍的干部都有一年的实习期。

挂上黄肩章以后，杜军就有了更多的任务，以前只是一些小的警情他带队去处理，现在是大小都有他的份。

有段时间，中队的任务很重，不仅训练搞得如火如荼，警也每天两三起，杜军每天累得一躺下就睡着。

有一天王磊打电话问他："你准备好了吗？支队马上要组织演讲比赛，我看名单上有你。"

杜军一听吃了一惊："你在哪里看到的名单？"

"你不会在演戏吧？"

"什么时候比赛？"

"还有三天时间。"

原来中队报了两个人，一个是士官，北方人，普通话很标准，还有一个是杜军。那战士前两天到中队办公室打印文件，看见杜军还显得有些遮遮掩掩，杜军问起来，他说是帮中队长和指导员打印文件，看来早就开始准备了。

杜军猜测这战士肯定能拿奖，自己到时候估计就是去出洋相的。

好在杜军读军校时当过团支书，他对这种演讲比赛有很多实战经验。他结合自己参加工作以后的一些感想，写了一篇十分有感染力又充满正能量的演讲稿，连着几天给自己排演了演讲的手势和语气要注意的地方。

中队长是在演讲比赛前一天告诉他的，他推脱着说自己没有准备，怕给中队抹黑。

中队长说："大队长就是怕你给咱们抹黑，专门让我来给你讲讲，你好好准备准备，名单已经报上去了，你要是去不了自己找政治处请假去。"

杜军没话可反驳。

演讲比赛前一天下午，中队让杜军不要出警，好好准备，杜军把自己关在图书阅览室，又好好练了几遍。

比赛现场，那个北方的士官发挥得很好，台下掌声连连，杜军也由衷地替他感到高兴，他感觉自己好像又回到了军校时光，那些为了团支部的活动熬夜加班的日子历历在目。那士官下台后，杜军冲他竖起了大拇指。

士官问他："队长，您准备好了吗？我到现在还在发抖。"

杜军笑着说："没事，过一会儿就好了，你表现得这么好，应该能拿奖。"

轮到杜军上场的时候，士官还真替他担心，结果没想到杜军气宇轩昂地走到台中，啪地一靠脚后跟，敬了一个庄重的军礼，然后落落大方地用目光注视着台下的战友，好像他们认识自己一样，光是这个出场就赢得了雷鸣般的掌声。紧跟着，杜军就开始抑扬顿挫地讲自己的经历，他结合自己的体会，用一些鲜活的事例把爱岗敬业这几个字用自己的理解讲了出来，讲到动情处，台下有几个女干部还偷偷地抹眼泪。

那士官没想到杜军能发挥得这么好，等杜军下台以后，他问杜军："您才准备多长时间啊，真牛！"

那士官也冲杜军竖起了大拇指。

杜军在演讲比赛中拿了一等奖，那士官得了二等奖。回到中队，中队长和指导员都很高兴，指导员说："杜军，你小子可以啊，真是有两把刷子。"

杜军心里高兴极了。

6

黄威还是时常跟杜军联系，问他工作情况，陪他聊天解闷。黄威退伍以后在家里待了一段时间，然后就来武汉开了一家餐馆，生意还不错。他喊杜军休息的时候过去尝尝，杜军说自己整天像个陀螺一样，不过有时间肯定会去的。

开了一两年之后，餐馆资金周转出现了问题，黄威的父亲已经出院了，但还是要吃药，那些进口药价格不菲，黄威一时又有些捉襟见肘了，只好找亲戚借钱。

黄威舅舅家是做生意的，条件算是亲戚里面最好的，黄威正犹豫要不要向舅舅开口，舅舅就阔绰地借了他一笔钱。舅舅有个女儿岁数不小了，一直没找到合适的对象，他让黄威一定要介绍一个以前的战友，要干部，还要长得高高帅帅的。

黄威第一时间想到的就是杜军。他了解表妹的情况，觉得表妹是个顾家的女孩子，再加上人也漂亮，跟杜军刚好是郎才女貌。

黄威犹豫了很久，又跟杜军聊了几次，知道杜军没有谈朋友，才下定决心当这个媒人。总之，他很欣赏杜军，一直把杜军当自己的兄弟。要是杜军和表妹见面以后比较投缘，将来走到一起，自己和杜军不是成了亲戚吗。

杜军在开发区中队干了两年以后就被调到了北湖中队。他的皮肤已经晒得有些黑了，那种稚嫩的模样早已不见踪影。

王磊还在以前的中队，中队长和指导员已经换了，现在的中队长和指导员要求得比以前更严，王磊的舅舅已经转业了。上面没有了照应的人，王磊的日子没有以前舒服了。

他找舅舅诉苦，把自己的处境渲染得十分悲摧。过了几个月，王磊被调到了消防大队。

杜军已经当上北湖中队正连职指导员了，王磊被调到平山大队当参谋。两人还是经常聊天。

杜军的姐姐已经成家，也到了武汉。她从国外留学回来以后一直在外企上班，已经成了一家外企的高管。杜军父母也从老家搬到武汉，一开始是租房子住，后来准备在武汉买房。买房办手续的时候，父母打算用杜军的名义买，但姐姐有些不乐意："你们真行，让女儿出钱，给儿子买房。"

杜军也不同意，他借口说自己军人的身份不好办手续，而且父母买房自己忙着工作也没帮上忙，父母只好用自己的户口本办了手续。杜军拿钱给父母，父母不要，最后他坚持要给，父母收好以后说，给你存起来，需要用的时候来拿。

杜军的姐姐找了一些朋友，帮父母拿了折扣，省了不少钱。

杜军在新中队忙得热火朝天，北湖中队的出警比率高新中队多了很多，有时候正在吃饭，电铃一响他们就要出警，一顿饭可以被打断很多次。他们的战斗服还没有晾干，马上又要穿起来，奔赴下一个火灾现场。被水泡过的战斗服像塞进了铅块，透气性也不好，遇到夏天，那感觉叫一个酸爽。杜军难得有休息的时候，不过也熟悉了辖区的所有道路，很多个深夜他们行驶在大街小巷，在万家灯火的夜晚寻找那个急需要他们奔赴的火灾现场。

出完警之后，看着闪烁的霓虹，听着人群的喧闹声由近及远，消散进黑夜；路过江边听着江水拍打着堤岸，每一朵夜晚的浪花都在诉说着一个遥远的故事；看着一家老小有说有笑地在马路上闲逛；还有些情侣走上街头，嬉闹追逐。

那些场景让他感受到人间烟火的气息，他喜欢那样的夜晚，紧绷的神经跟随着城市的节奏一点点舒缓下来，那是一天中最惬意的时刻。

一眨眼的工夫，他已经在基层消防中队干了六年，这六年的时光比任何时候都过得快，有时候他不仔细去回想，都忘记了自己是怎么一步步走过来的。那些手上、胳膊上、膝盖上还有脸上在出警和训练中留下的疤痕，总是好了又出现，出现了又结痂，他的身体变得更矫健，动作也更灵活，他的一颦一笑似乎都经过了血与火的淬炼。

而当有人问起过往经历，他总是轻描淡写，似乎微不足道。身边的战友有一些一直陪伴在左右，一些已经离开，他在那种忙碌的节奏里，体会到了真正的战友情，大家生死与共、有难同当，在危险面前总是一起往前冲，遇到了挫折互相鼓励。

他的前方似乎依然有很多困难在等待着他，而他回过头去看，自己一步一个脚印，走得不快不慢，那个曾经稚嫩的自己已经消失在了某个夜晚。

得到和失去是一个历久弥新的课题，深深浅浅的年轮上，留着岁月斑驳的痕迹。生活偶尔会推我们至悬崖边，除了全力一搏，别无选择，唯有超越自己才能迎来新生。

他依稀记得那年他毕业时，别人问他，你做好了去参加工作的准备了吗？他没有回答，过了半晌他反问回去："这个还需要准备吗？"

他这个人总是这样，喜欢用一个问题回答另一个问题。

第二章　未尽

7

王筱澜接到杜军电话的时候窗外飘起了小雨。雨从墨黑色的云层中坠落，连成一根根银线，又被风吹成一缕一缕，在灰暗的天空下四处飘散。这场雨很快就要停了，周末是艳阳高照的好天气。

杜军告诉王筱澜星期天不能回家了。这个星期就他一个人在中队值班，老吴去参加一个培训班，估计星期天下午结束。王筱澜沉默半晌淡淡地说："那你辛苦了，出警的时候要注意安全。"

王筱澜本来准备这个周末大扫除，把里里外外都洗一遍，星期六一个人在家的时候就做一些基本的整理，等杜军回家以后，两个人一起去晒被子、洗床单和窗帘。现在她只能自己做了。如果她在电话里告诉杜军，杜军可能会不同意她这样做，因为她怀孕了，虽然只有两个月。这一次一切迹象都很好——不像第一次怀孕的时候反应那么强烈。正是因为有了一次流产的经历，王筱澜格外注意个人卫生。

她总是跟闺蜜分析那次流产的原因，可能是因为书房的那个小沙发罩没洗，而自己看书的时候时常待在那里，那里躲藏了一种很讨厌的细菌，闺蜜没有太赞成她的分析，只是安慰了她几句，但她很笃定地认为是这样。

王筱澜这一次怀孕回娘家住，这是经过两家商量后确定的事。这个周末她跟父母说要回自己家和杜军待两天，也好让父母清静清静，现在杜军不能回家，她准备自己回家待两天以后再告诉父母。杜军也没好意思跟岳父岳母打电话，事实上，他拨了岳父的电话，还没有接通就挂掉了。他还没有跟岳父岳母关系好到跟自己爸妈一样。

不是因为这种特殊的关系导致，而是有一些人，即使你接触了很多次，也无法使你们的关系更近一步。王筱澜在这方面做得还不如杜军，她只是在见面时保持礼数，有时候连礼数都做得很勉强。她和自己的闺蜜吐槽婆家的种种生活习惯，闺蜜听得有些不耐烦，并且很真诚地劝告她，这种关系处理不好，以后难免会让杜军难堪，闺蜜把自己的经历也告诉了她，可她没放在心上，闺蜜看出来她的不以为然，就不再苦口婆心地劝导。

王筱澜第一次见到杜军是在 2007 年的秋天。武汉的春秋两季非常短暂，似乎只有冬天和夏天，那一年的秋天在王筱澜的记忆中显得格外珍贵。

那一年，28 岁的王筱澜被家人几次三番的催婚折磨得苦不堪言，和父母在一起时，从外表看上去只感觉她波澜不惊，其实她早就没了底气。她一向以来都有些无伤大雅的骄傲，最后却不得不低下头来，不敢再为自己多辩解几句。

之前的那个对象是她在大学认识的比她高一个年级的学长，高大帅气，为人又十分稳重，两人谈了六七年，脾气也磨合得差不多了，期间也有结婚的冲动，可最后只是因为父母在谈婚论嫁的问题上有些掰扯不清，而男方却没有表现出往常那样的风度，还有些胡搅蛮缠的意思，王筱澜一气之下就断了和他的来往，发誓老死不相往来。

她就那样绝望了半年多，最后挡不住家人的软磨硬泡，只能硬着头皮去见杜军。

杜军比王筱澜大一岁，只是男人这个年纪没结婚虽然有些迟，但也不算是太晚。表哥黄威告诉王筱澜，杜军只是因为工作的关系一直没有遇到合适的对象。

王筱澜坐了公交车慢悠悠地去江滩和杜军碰面，一路上看着满眼秋高气爽的景象，忽然又想起了初恋情人，她和师兄以前常常在这种天气到郊外烧烤或者爬山，那时的他们感觉不到心与心之间的距离，只恨相聚的时间总是匆匆，刚分开又盼望着下次见面，往事历历在目，她不争气地抹了几滴眼泪，还好没化妆，不然花着脸怎么去相亲？

那一年的杜军比现在更加朝气蓬勃，已经在消防中队当上了正连职指导员，算是那个地方的二把手，上面还有一个比他资历老的副营职中队长，杜军什么事情都不能太出头，倒也落得一身轻松。只是基层中队再怎么说都是实战单位，再加上武汉的火警本来就多，杜军和中队长两个人总有一个要在中队值班，这样一来确实比同龄人要少很多时间去谈情说爱。

王筱澜曾经努力去回忆那一天的点点滴滴，可都是枉然。她依稀记得那天的天空格外高远，一眼望不到边，这在常常灰蒙蒙的武汉还是例外。风吹过来，听见一些窸窸窣窣的声响，可能是一些树叶在风中摇晃的动静，夹杂着不远处的小孩的喧闹声，让整个人都放松下来。王筱澜在约定的码头边的栏杆上四下里看了看，没发现想象中的那个人。在来之前，她根据电话里浑厚的声音幻想过这个人的长相，应该是一个五大三粗甚至有些略微秃顶的男青年，这可能是由于对男性形象整体性的认知导致。

她怎么也没想到站在她旁边的那个一身清爽的男孩儿就是杜军，因为在她的概念里，年龄比她大一岁的男生，确切地说是男人，怎么说也应该是有些中年人的气息的，可万万没想到，那个气定神闲地站在那里看着江水的人会是自己的相亲对象。

"你应该是小王，王筱澜吧？"王筱澜顺着声音看过去，身边的人有着棱角分明的下巴，小麦色的皮肤可以看出经常在户外活动，一头板寸也一点不像身边的男同事那样邋里邋遢，黑幽幽的眼珠子直直地盯着自己，像是看穿了自己的心事。

王筱澜是一个相信感觉的人，她沉默许久的感觉瞬间苏醒了，浑身的汗毛都像杜军一样站得笔直，她凭感觉告诉自己，就是这个人了。

那一天，王筱澜其实没有表现得太殷勤。很多人都是这样，越是愿意，就越会克制。

可偏偏杜军看懂了她，他们两人一拍即合，王筱澜心想真是谢天谢地，激动得几个晚上睡不好觉。两人又陆陆续续见了几面，杜军实在是太忙，他闲下来的时候也会考虑，王筱澜到底适合自己吗？两人见面时他能感觉到王筱澜是喜欢自己的，而他也愿意对王筱澜敞开心扉，他没有正经八百地谈过恋爱，但他也不好意思告诉王筱澜。他好像从没有考虑过谈恋爱和结婚之间的关系，更不清楚结婚到底对一个男人意味着什么，他只傻傻地想，结了婚、娶了媳妇就要好好过日子，就要承担起家庭的责任，就像自己的父亲和母亲那样，从一而终，不离不弃。可是父亲到底是怎么对母亲的？他依稀记得父母相敬如宾、很少吵架，父亲对母亲的家人都很好，母亲对父亲的家人也很好，别的，他就想不起来了，他感觉自己的头脑中一片空白。

杜军的父母听说了杜军和王筱澜的情况后也催杜军赶紧结婚。尤其是杜军的父亲，本来还是很温顺的，之后一见到杜军就发火："你刘叔叔比我小五岁，都抱孙子了，你赶紧把婚给我结了！"

黄威也从中做了不少工作，说了表妹很多好话，说表妹从小品学兼优，是兄弟姐妹里最有出息的。还经常组个饭局，把杜军和王筱澜喊到一起，两人又接触了很多次，渐渐变得熟络起来。

半年后，他们就结婚了。

结婚的时候，王筱澜的父母托黄威传话，王家陪嫁二十万，外加一套房子。杜军父母从黄威那里听说，那套房子其实是以王筱澜的名义买下的，于是就商量，那就出一套房的首付，聘礼二十万。结果办酒席的时候，王家喊了亲戚一共来了二十多桌，王家收了礼钱，但没出办酒席的钱。刚办完酒席，就借口说，要做生意，把陪嫁的二十万要拿去投资，将来等赚钱了再给小两口。

杜家把王筱澜父母的所作所为都看在眼里，也没有出来理论。

婚后，王筱澜包揽了家里大大小小的事务，而经常值班的杜军只是一个距离不算太遥远的情感寄托。这样也好，免去了很多小情侣的吵吵闹闹，王筱澜一心钻研自己的业务，在单位也得到了领导的赏识。

结婚两三个月以后，王筱澜就怀孕了。一家人都高兴坏了，尤其是王筱澜的父母，逢人就说自己的女儿怀孕了，马上就要抱孙子了。总算是熬出头了。甚至忙着给孩子买衣服，忙着猜测到底是男孩儿还是女孩儿，找算命的给取名字。

杜军高兴是高兴，也没有像老人家那样满世界奔走相告，他的工作确实容不得太多放松，偶尔消遣一下，只要一个电铃就打破了他原本的秩序。

可能是因为怀孕，王筱澜也不再像以前那样对杜军百依百顺，有时候杜军表现出让自己不喜欢的一面，王筱澜就会据理力争。武汉姑娘本来说话就冲，杜军也有听不顺耳的时候，但想想实际情况，就压了自己的脾气。时间一长，两个人渐渐也不再像以前那样亲密。罗马不是一天建成的，关系的变质也不是一天两天形成的。

　　过了三个月的时候，王筱澜时常感觉下腹隐隐作痛，一开始不觉得，只是认为自己反应比较强烈，也就没跟任何人讲。过了不多久，有一天她像往常那样坐公交上班的时候，感觉有温热的液体顺着腿流了下来，她倒是坚强，一个人打了的士跑去医院才给杜军打电话，等杜军赶到医院的时候，医生告诉他孩子没保住。

　　看着已经哭成泪人儿的王筱澜，杜军上前抱住了她，两个人就那样抱头痛哭。

　　之后两家父母之间就出现了一些矛盾，王筱澜的父母责怪杜军的父母没有照顾好孕妇，杜军的父母也有理有据地告诉对方，当初让王筱澜到自己家里住，王筱澜不同意，非要自己单住，这倒是事实。王父王母又指责杜军没有尽到一个丈夫应尽的义务，杜军没有反驳，两家人闹得十分不愉快。

　　王筱澜病假休了一个月零几天，都说流产也是坐小月子，来不得半点闪失，杜军的爸妈就把她接到了自己家，每天鸡鸭鱼肉，伺候得妥妥帖帖。王筱澜对婆家也心生感激，心想着流产不仅没有怪自己，反而是更加善待自己，无论如何都是令人感动的。

　　王父王母却天天上门探望，就像检查工作一样，大部分时候还要留下吃饭，对饭菜的质量挑三拣四，对家里的卫生指指点点，杜军爸妈原本都是脾气温顺的退休老人，拿着还不算低的退休工资过着安静的小日子，自从王筱澜住进来以后，反而多了不少事，杜军看在眼里，心里替父母惋惜，又不好发作，偶尔提到王父王母没必要来得太勤，王筱澜却站在父母那边，或许就是从那时候开始，杜军就不再处处忍让，一味忍让只会让自己的父母更加被动。

　　在值班或者因为工作的原因没有办法兼顾家里时，也就不像之前那样觉得愧对王筱澜，两个人的日子看上去风平浪静，实则暗潮汹涌。

又过了两年，王筱澜再次怀孕，这一次，王筱澜坚持要回娘家养胎，杜家想起第一次闹得不愉快的经验，也不好出来阻拦，杜军的父母于是就和王筱澜父母见面商量了这件事，最后定下来让王筱澜回娘家养胎。王筱澜心里别提多开心了。

8

王筱澜躺在医院的病床上，心如死灰，眼睛一动不动地盯着窗户外面还没有亮起来的天空。比起身体上的痛感，她现在体会到的是内心里那种无声无息的痛，那种痛占据了所有的细胞，让人无法动弹，只能静静待在一个角落里，算是逃避，也算是一种带着自虐意味地品尝着那种痛的感觉。

第一次流产的时候，她还能体会到一些似有若无的愧疚，第二次这种愧疚的感觉已经麻木了，她甚至都忘记了那愧疚的感觉是因为另一个人，也就是那两个逝去的小生命的另一半的创造者——她的老公杜军。

说来也奇怪，一开始多少都觉得这样一个以救人为职业的男人是自带光环的。但光环这种东西无法长久地存在于一段关系中，关系究其根本需要一些实际的互动来维系。

王筱澜甚至都没有想到去联系杜军，因为这个时候，说不好杜军又在忙着他的工作。

事实上，十千米外的杜军正是在一次火警的处理现场。

起火的危楼矗在一片废墟之上，周围都拆得差不多了，估计是不满意赔偿条件正在纠结的住户。浓烟从二楼的窗口窜出，直冲上天，把原本浅蓝的天空熏成了青灰色。

报警人说平时有一对老夫妻住在里面，但检查过后，里面并没有人。钉子户估计是前一天晚上给自己放了假，谁知道就第二天凌晨就起火了。烧的是一些捆起来的纸盒和几床破旧的棉絮。

高新中队到场时，北湖中队已经把火熄灭，还有些不成气候的余烬。跟高新中队的中队长打了招呼后，杜军就带领原班人马返回。这里其实是高新中队的辖区，但就交通上来讲，北湖中队通过高架桥可以更快到达，支队指挥中心就调了北湖中队增援，结果北湖中队果然比高新中队先到。

消防车开进北湖中队的营区的时候，天色已大亮，没有出警的三班和四班还在操场晨练，科目是五十米折返跑。远远看去有几个士兵还有些睡眼惺忪，但也是汗流浃背了。

脱了战斗服，一班和二班的战士们听说指导员杜军发了话，他们不用参加晨练。都松了口气，回到寝室收拾内务，有几个趁机赶紧又眯了四五分钟。

杜军回到寝室倒了杯水，咕咚咕咚喝了几大口，浑身就像是充电了一样。不过很快他的手机就响了，这么早给他打电话的应该不是同事，拿过来一看果然是王筱澜。

"How are you……Fine, Thank you, and you……"杜军冲着电话说道，在中队待时间长了，他已经学会了自娱自乐，只是电话那头没吱声。

杜军感觉不对劲，紧接着用别扭的武汉话问道："搞什么？"

王筱澜像是情绪稳定了一些，但是说出来的话让杜军哭笑不得："又是一个星期没见面了，你最近忙不忙？"隔着话筒他也能感受到王筱澜的情绪不太好，他回话："老吴回来就好了，一个人忙得团团转。"

"我爸妈今年都六十二，你爸六十三……"

杜军听不下去了，他打断王筱澜："到底怎么啦，直说行吗？"

可王筱澜偏偏不听他的，接着慢条斯理地说："四个老人都盼着咱们早点生孩子……"

杜军本来准备不接话了，他心想着不能惹她生气，但听到王筱澜并没有收敛的意思，就打断她："小王，咱不是也快生了吗？再等等，还有几个……"

那个"月"字还没有说出来，说也奇怪，他有时候也能说出来预产期是哪一天，有时候就脑袋短路了一样怎么也想不起来。

"杜军，你个茗货！茗脱了节！"憋在王筱澜心口的那股恶气被她发泄了一点，然后杜军就听到她在电话那头哭了起来。不过很快，丈母娘的声音就传了过来："小澜流产了。"

晴天霹雳。杜军瞬间就理解了王筱澜的阴阳怪气。

昨天他们就感觉不对劲，家里怕耽误他上班就没告诉他。两个老人带着女儿赶到医院，凌晨的时候还是没能保住孩子。杜军答应丈母娘等下就赶到医院去。

老吴还没到上班时间就到中队了，在支队培训了一个多星期，昨晚才结束，杜军把情况跟老吴说了下，老吴用老大哥的态度安慰了他两句后就让他赶紧跟大队长请假，赶到医院去。

等这边都收拾停当，换了便装准备出营区的时候，电铃响了，老吴招呼杜军，让他赶紧走。可走到门口，电铃又响了一次，杜军正在怀疑是不是两起火警的时候，刚好看到接警员跑出来说："两起火灾！"杜军没有多想，赶紧跑回车库准备出警。老吴已经带着三辆车出发了，他从副驾驶位上看见往回跑的杜军，准备说些什么，又忍住了。

出警途中，杜军问清了火灾的基本情况后给丈母娘打了电话，说自己估计要稍微晚点过去，还没有细说，就听见吱吱啦啦的声响。杜军喂了几声，那边没反应，他不知道，王筱澜已经把电话从开着的窗户扔了出去，还好医院后面是片空地，手机呈抛物线下落，在空中画了一条优美的弧线后寿终正寝。

其实那天杜军到医院的时候才刚刚过十点半，也不算太晚，但他硬是在楼下徘徊了将近五分钟，这可不像他平时的样子。平时的杜军走路带风，做事干净利落，就算说了不经过大脑的话，他也不会放在心上。

病房里面还不止王筱澜一个，还有另外三个产妇，不过别人都看上去很平静很安逸，唯独王筱澜一个人面如死灰、眼睛闭着，感觉眼珠子正在不停地来回转动，睫毛也在以一种十分高的频率上下颤动，应该是在想心事。

她这个人就是这样，没结婚的时候还没有发现她这个特质，之前的她总是一副随和的样子，好像什么都可以，什么都是杜军说了算就好；但后来渐渐地，她不再那么好说话了，她也有了自己一套又一套的愿意和不愿意，像从身体里面掏出了隐藏许久的秘密武器。杜军平时大大咧咧倒也不计较，但多少还是有些不满。

他看见岳父岳母都不在，就也没吭声，安静地走到病床旁边，往一个透明玻璃杯里加了一些水。等他加完水，就发现隔壁床的那个孕妇正在床上安静地观察着他们。想必，一大早王筱澜发脾气的时候她也是知道的。杜军尴尬地冲那个孕妇笑了笑。谁知道那孕妇居然说起话来："叔叔去办出院手续了，阿姨刚刚去找医生问一下情况。"

王筱澜还是没睁开眼。杜军问那孕妇怀孕几个月了，是第几胎，家是哪里的。随便聊了几句，就听到王筱澜用一种冷冰冰的语气说："你还知道过来啊。"

"这可不，早上出了两次警，出了一身汗。"杜军其实是了解王筱澜的，他知道王筱澜只要还愿意跟他阴阳怪气地说话，就还有戏。他假装不知道，继续傻呵呵地扯一些闲话。

"身上还一股汗臭味儿，你闻。"他说着就把 T 恤从裤子里面揪出来摆了摆，气味散发在空气里，把原本就因为拥挤而气味怪异的病房弄得更加尴尬，王筱澜扭过身不理他，嘴里也没有接话。旁边的孕妇倒是偷偷笑了。

"怎么这么快就要出院？"杜军问王筱澜。

王筱澜用嘶哑的声音说："住院这么贵，回家待着就行了。"

杜军心想，王筱澜怕是已经自己说服自己认命，现在想的只是给家里省钱。

9

杜军是在熄灯前回中队的。北湖中队在南二环和南三环之间，中队毗邻一排商铺和一个废弃的酒店。从中队外面经过，会看见几扇紧闭的红色铁门，铁门上面还有三层楼房，如果夜晚经过，会看见楼房里的一些窗户开着灯，偶尔会有一两个留着板寸的消防官兵在那些房间里穿梭而过。铁门外面有八十来平方米的空地，被打扫得很干净。

岗亭在铁门的右侧，一名哨兵正笔挺地站在那里。如果来附近办事的人找不到车位想把车停在铁门外，哨兵就会跑过来把他们支走，并告诉他们铁门里面停的是消防车。

从岗亭进来，路过门口的接警室，就来到了中队四四方方的院子里。院子有七八百平方米，西北角是一座五层的训练塔，隔着训练塔不远有一个沙坑，沙坑上面有单双杠和一个铁杆。沙地的东面，也就是中队院子的东北角，是中队的篮球场。

食堂是单层的一排平房，在院子的西侧。南边的宿舍楼一共四层，第一层是车库，二楼以上都是中队的营房。

杜军到中队的时候，熄灯哨已经吹过了，路过几个宿舍，发现里面的战士比平时要收敛一些，有些睡觉积极的人也只是铺好了床没有脱衣服，甚至假模假样地坐在床边捧着书在看。推开干部宿舍的门，他就发现这一切蛛丝马迹都是有原因的，大队长彭振宇正在宿舍里跟中队长聊天。

看他进来，大队长就把烟掐灭了，问了问他家里的情况，表示了关心，还顺带问了下在哪家医院，说是明天去医院看一下王筱澜。听到杜军说王筱澜已经出院，情绪已经稳定下来以后，大队长才表现出放心的样子，还顺带传授了一些过来人的经验。

大队长说："有理也别争。"杜军和老吴都觉得好笑，不过杜军猜测大队长迟迟不走肯定还有别的原因。果不其然，彭振宇脸上的笑意是在一瞬间消失的，紧接着他就把自己在外面检查的时候接到支队通报的事情跟他们说了一下。

原来消防支队每个季度会对全市的火灾情况进行研判，分析起火场所、时段、建筑类型，然后得出下一阶段的工作建议。上个季度，高新区的火灾起数增幅在全市最大。支队领导要求彭振宇在支队季度防火工作会议上做检讨。

"火灾是多，但也说明出警量大，工作任务重啊！"老吴替大队长打抱不平。

"以前总觉得这种事情不会轮到咱们头上，但这个事情又不是谁可以把控的？"杜军也跟着附和。

彭振宇又点燃一支烟，没有接话，过了半晌，他说："其实我早就有一个想法了，一直没有跟大家说，这次刚好是个机会。"

老吴和杜军都好奇地问他有什么想法。

"做检讨是小事，现在要紧的是建议支队赶紧新建一个中队。"

"新建中队？"老吴有些发蒙，"是在高新区吗？"

"高新区的最南边。"大队长说。

"金沙区。"

大队长并没有和他们深入讨论这个问题，他很少这么晚还来中队，这次来明显是因为关心杜军的情况，看到杜军状态没有太大波动他就放了心。三人又在寝室里说了些不咸不淡的话，大队长又抽了一支烟就起身离开了，他这周值班，也要在大队值班室睡觉。消防大队在区公安局里办公。高新大队下辖高新中队和北湖中队，从大队到两个中队的距离差不多。近两年来，高新区有大量新兴企业和品质楼盘涌入，火灾起数逐年攀升，现有消防力量已经不能适应现实需要。

金沙区在很久以前只叫金沙村，后来不知道哪一年开始便被人叫成了金沙区，但也只是高新区的一小部分，如同这个城市众多的城中村一样，从市中心打车过去的人也不多。随着四环不断扩张，金沙区也发展成为一个炙手可热的区域，时常会占据报纸和互联网的很大版面。

在第二天的大队干部大会上，大队长再次和大家讨论了新建消防中队的提议，除了极个别人觉得多一事不如少一事外，大部分人也都认为这是非常有必要的，哪怕上级不同意，但从长远来看，这样做势在必行。上级同不同意是上级的事情，作为大队这一级有没有根据工作需要提出合理要求是他们应该做的事情。

在支队的季度防火工作会议上，彭振宇的检讨做得很深刻，他把大中队一个季度以来的出警量和消防监督情况进行了分析，认为还有很多需要改进的地方，丝毫没有遮遮掩掩、蒙混过关的意思。可内行人看门道，基本在场的其他大队长也没有觉得高新大队上个季度的工作有多么滞后，如果说有什么不妥，那可能真的跟运气有关，谁知道这种事情什么时候会轮到自己头上来呢？没有人笑话彭振宇，反而因为彭振宇的检讨开始偷偷检讨自己。

彭振宇检讨完之后，很快就切入正题，他结合日常检查的情况分析出，近年来，由于金沙区出现一些品质楼盘，由一个较落后的城区迅速发展为人口密集区。辖区由于外来人口多，多为老年人和未成年人，流动人员较多，导致消防宣传工作难度大，火灾和救援警情多，报警类型除了火灾，还有大部分是取钥匙、摘马蜂窝、救宠物等，他建议支队在金沙区新建消防中队。

彭振宇的提议有理有据，支队防火处处长对他的提议给予了口头上的认可，并告诉他会安排人起草报告向领导反映。

大队长在支队做检讨的事情，中队干部并没有跟战士们讲，不过大队有个女文员华晓琴和中队一些战士私下里有联系，消息还是传到了战士们那里，在中队成了大家饭后的谈资。在战士们看来这种事情跟他们也没有太大关系，大部分都抱着看热闹的心态，建也好，不建也罢，那都是领导考虑的，又没碍着他们什么事儿。

警还是每天平均三四次，一切照旧，人人都在按部就班地过着自己的小日子。

10

按照惯例，杜军和老吴周末一人休一天，再加上现在杜军家里情况特殊，老吴甚至可以体恤杜军把自己的那一天让给他，但老吴并没有这样做。老吴原本是有这个打算的，可事情发生变化是因为老吴听到了一个让他不太舒服的消息。

他也是跟其他中队的干部打电话聊天的时候得知，大队长彭振宇在跟支队建议新建中队的时候，不知道怎么就聊起了新中队人选的事情，按理说，这种八字还没一撇的事情，当时提起来未免有些为时过早，但偏偏就提到了，而且彭振宇当时想都没想就跟支队领导建议说杜军这小伙子不错，再加上马上要提副营，刚好可以到新中队任职。

彭振宇推荐杜军，没有推荐老吴，这其实可以理解，老吴本来就已经是副营职中队长，在老中队和新中队没有太大区别。至于彭振宇到底是怎么想的，没有人知道，领导的意图不是随随便便就能揣摩出来的。

老吴这个本来也不太差的人，也没有表现出一个老大哥一贯的大度，但他也没有太苛求。杜军是在周五晚上回家的，这样他就可以在家待两个晚上，周日早上再赶到中队。

杜军回到家的时候，黑漆漆一片，居然没人。那时候七点刚过，他五点半从中队出发，没舍得打的士，坐了公交车回家。

杜军的家在北二环外一个普通的小区，房子是二手房，八十来平方米，小三居。

当时买这套房他没有操太多心，买房时他和王筱澜才刚结婚。于是看房的任务就被王筱澜一个人包了，她趁休息时间跑遍了武汉所有的售楼部，又对比了很多二手房。王筱澜每次打电话告诉他看房的情况，杜军只有一句话："你看着办吧。"或者就说："我对这个不懂，问我也白搭。"那时候两人还没有太多矛盾，也可能是有那么多矛盾，只是还没有激发出来。所以王筱澜听到杜军这样说，就感觉杜军是信任自己，是对自己一种依赖的体现，所以王筱澜就跑得心甘情愿、不亦乐乎，她跑遍了所有的楼盘后，没有挑位置最好的，没有挑最贵的，只是选了一个性价比最高的，那就是价格也合理，位置也不差，户型还凑合，又是三居，将来老人还可以过来帮忙带一下孩子。

　　王筱澜是一个典型的靠感觉来生活的女人，她有着常人没有的温顺、顾家，也有着很多人没有的第六感。所以她第一眼见到杜军的时候，就用第六感判断出这个男人是喜欢自己的，也用第六感判断出，自己跟他不用说太多话就能心灵相通。如果两个人什么都要靠说，那反而会让王筱澜感觉枯燥乏味，而如果两个人可以不用说就知道对方怎么想，这应该是一种很高级的浪漫吧。

　　可后来发生的事情让王筱澜渐渐产生了怀疑，她靠感觉认为杜军是自己这辈子应该找的男人，结婚后一段时间也是这么认为的。但不知道是长年累月的值班还是什么原因，王筱澜从杜军那里收到的回馈越来越少，两个人之间渐渐产生了一道鸿沟，她的第六感在杜军那里不灵了。偶尔会有一些回馈，也远远没有办法疗愈她长年累月一个人苦守的痛苦和不满。

　　杜军没有开灯，在黑暗的房间里点燃了一支烟。透过窗户，可以看到对面的那栋楼房，窗户都亮着灯。有些人家正窝在沙发上看电视，也有一些老年人站在阳台上看着楼下发生的一切。这些场景在中队是看不到的，在中队那个备勤室里，他没有闲心看这些万家灯火，偶尔有些时间也都是在看球赛或者准备应付上级检查准备台账和材料。杜军的心好像被这个夜晚温柔地包围住了。

　　他抽完烟就来到了楼下，在小区里四处逛逛。五月还没有燥热起来，前段时间下雨，甚至有些微凉，但也是极舒服的。

　　杜军沿着小区的一条林荫路走了一圈也没有找到王筱澜，就在他准备回过头再去找一遍的时候，有人在一个小亭子里喊了他一声。他听出来那是他父亲的声音。

　　四个老人和王筱澜都坐在亭子里聊天。王筱澜在老人面前是一直很温顺的，她一贯如此。可是因为老人在，王筱澜和杜军就没有办法沟通两个人的事情。杜军的父母提议说，让王筱澜的父母也都回家，让他们小两口好好谈谈心。可王筱澜却不肯，她只说了一句话，杜军回来待不了多久，估计马上又要去值班，自己一个人在家不习惯。杜军的父母一时语塞，只好识趣地先回家了，剩下王筱澜的父母和杜军夫妻俩。

杜军洗了澡准备上床睡觉的时候，王筱澜又不满意了：你怎么洗澡不洗脚？

杜军感觉很尴尬，岳父岳母都还在呢，再说洗澡的时候不是顺便冲了脚吗？

王筱澜不依他："你，我还不知道吗？你肯定就胡乱冲了下，脚肯定没洗干净。你再接盆水把脚好好洗洗。我床单被罩都是刚换的。"

杜军想到王筱澜的情况也就只好忍气吞声，老老实实地接了一盆水泡脚，把脚洗得干干净净才上床。

刚结婚那阵儿，王筱澜还经常给杜军洗脚。可如今，当他一个人在卫生间洗脚时，回想起这个场景居然让他有些作呕。王筱澜会不会一直有点嫌弃自己不爱干净？

那天晚上，他们虽然睡在一张床上，但也没有太多交谈。他们各自扭向一边，床中间仿佛隔了一道万丈深渊。

11

消防大队的车在严西路路口停下，彭振宇走下车，骄阳当空，但严西路的树荫下却能感觉到一丝凉意。严西路上有区政府、区法院、区检察院等几个单位，马路不宽，但规划得当，树木枝繁叶茂，起风时，树叶哗哗作响，鸽群从头顶掠过，仿佛来到了世外桃源。

区政府是禁止外来车辆进入的，彭振宇来之前跟刘秘书打了电话，刘秘书说杨副区长上午要在政府办公楼里开一个会。彭振宇在接待室里坐到十一点才见到杨副区长，他说明了来意，把起草的工作报告递给了副区长。杨副区长没有推辞，态度和蔼，立马口头应允，什么都会全力支持。高新区去年亡人火灾起数是零，这在全市都屈指可数，得到了省领导的好评，杨副区长对消防大队的工作也非常满意。

杨副区长还有其他事情要处理，彭振宇只好识趣地离开。

刚走到区政府门口，就听到消防车拉着警报呼啸而过。

他看到坐在副驾驶座位上的杜军后就拨通了杜军的电话，让杜军赶紧把消防车的警报关掉：以前不是嘱咐过吗？区政府旁边要注意一点。挂了电话就接到杨副区长的电话，问是什么火灾，严不严重。彭振宇就把接警的情况反馈给杨副区长，并且告诉副区长不用担心，只是一个小火灾，估计很快就处理完了。

彭振宇原本是准备直接回大队的，可是副区长打了电话，他就只好跟着消防车到了出警现场。一个老年人在做饭时，液化气罐起火，杜军带着七个战士到场后两分钟就把火扑灭了，老人虽然受了惊吓，但还是对消防兵感激不尽。厨房里一团糟，橱柜已经被熏黑了，还好没有出水，如果出水，地面也会有积水。再小的火灾也会把家里弄得乌烟瘴气。彭振宇到场后又给那老人讲了一些基本的预防火灾的常识，遇到这种情况赶紧拿块湿布往液化气罐上一盖就完事了。

不过讲完，彭振宇又有些怀疑，这些事情老年人还真不一定能处理好。

彭振宇把火灾情况反馈给了大队管片的参谋，吩咐他尽快把情况反馈给街道、社区还有派出所。彭振宇叮嘱他，居民火灾不能有丝毫的大意，要发动街道和派出所，加大巡查力度，严防小火亡人事故发生。

管片的参谋接了电话，心里多少有些犯嘀咕，前几天才去街道组织各社区开的会，要说工作没做，肯定是有点冤。可是现在工作做了，仍然发生了火灾，领导批评几句也只能认。估计这段时间要夹着尾巴做人了。

新建消防中队的事情进展还算顺利，支队党委会通过决议以后，省消防总队也及时向部消防局申请了编制。这其中的工作环节十分繁琐。拿到了编制批准的文件，消防大队才能开展下一步的工作。

彭振宇很早就安排人准备好了给区政府的报告。现在，这份报告被安排了两条线路同时处理。一边，报告上报了支队党委会审批，审批通过以后要递交工程招标造价报告、设计方案等资料进行下一步审批。另一边上交区里审批，等领导签字完，剩下来就是发改委立项、财政局拨款、规划局审批，等这些工作环节都走完，就可以正式建中队了。其中的工作环节十分烦琐。

中午食堂的饭菜马马虎虎，彭振宇一般中午吃得少，他应该是在五六年前开始注意自己的饮食，体检结果总是提醒他不能再像以前那样随意挥霍身体了。吃了午饭就回到办公室摊开折叠床躺下。他把手机放在一边的办公桌上，伸长了手臂从桌子上够那本看了半年还没有看完的小说，因为小说里的人物名字很长，他看得很慢，每次吃完饭翻几页，有些时候，脑子里的事情太多，一行行看下去，又好像什么都没有看过一样，有时候倒是看进去了，心情跟随故事情节上下波动，但过不了多久就开始犯困，跟着就睡着了。半年过去，他的书才翻到了一半，至于前面看过的那一半到底讲的什么，他好像记得大概，但如果让他讲出来，也说不出来到底讲了什么。

彭振宇中午睡了个好觉，下午起来感觉整个人神清气爽。打开门就看见女文员华晓琴站在门口，把他吓得一哆嗦。他一边开玩笑说小华是故意要把他吓出心脏病，一边就问她怎么了。华晓琴说，下午家里有事，问他能不能请半天假。华晓琴的父母在闹离婚，华晓琴觉得父母年纪都大了不应该瞎折腾，她试着劝父母，父母却很坚持，让她十分苦恼，她上班的时候老是犯错，其他参谋私底下说过华晓琴最近工作都不在状态。华晓琴也是有领导打招呼才招进来的，彭振宇遇到事情也都是留些情面，能照顾的都照顾了。彭振宇问了下什么情况后，就让华晓琴回家了。

下午大队没什么太重要的事情，不过政府组织了一个多部门联合检查，政府的领导不会参加，彭振宇安排教导员去了。还有一个视频会议要参加，彭振宇就来到了高新中队，高新中队和北湖中队都有视频会议室，但今天上午副大队长告诉他已经跟支队协商了，在高新中队参加。

高新中队的装备比北湖中队更精良，彭振宇从内心里却更偏爱北湖中队。当初为了把两个中队的车辆配齐，彭振宇也是一次次往政府和财政局跑，对于两个中队现有的一砖一瓦他内心里充满了感情，那都凝聚着他这么多年来的心血。

当他看到高新中队的哨兵在打盹时，一时没控制住自己的情绪，摇下车窗冲着那个二年兵就吼了起来，等到了视频会议室，看见笑呵呵的中队长也没有给好脸色，把刚刚看到的情况就怪罪到中队长身上。明知道下午有视频会，明知道有领导来，哨兵还在打盹。可想而知，中队干部平时的工作有多么不到位。

彭振宇让中队两个干部和那个二年兵一人写一份检讨，晚上他来中队，要把所有人喊到一起开会。中队干部被大队长当着战士的面批评，几个战士都偷偷挤眉弄眼，一副幸灾乐祸的样了。

下午的会开得冗长无味，高新中队中途接了警，指导员带着两个班的战士出警后，彭振宇和剩下的人还是老老实实地开了接近两个小时的会。本来神清气爽的彭振宇开完会也露出了一丝疲惫。他没有在中队待很长时间，会开完就赶到大队，有几个文件要处理。

这天晚上他并没有到高新中队，中队长打电话给他说检讨已经写好，他又把中队长数落了一顿，说是下次去再看检讨，并且要求中队晚上要把所有人员都组织起来开个会，好好整顿整顿。

12

杜军原本以为王筱澜身体恢复以后，两个人是可以渐渐回到以前的那种状态的。可王筱澜渐渐失去了以往的温柔。她不再时常对杜军嘘寒问暖，不再处处都用自己的体贴贤惠解决生活中各种突发的状况。她的冰冷让杜军感觉陌生。

王筱澜出院两个月后的一个周末，杜军计划给王筱澜一个惊喜。他站在花店里，面对着品种各异的花，忽然发现自己并不知道王筱澜喜欢什么花。有一瞬间，他甚至在心里告诉自己，王筱澜应该不会喜欢花，如果买花，王筱澜估计会觉得是在浪费钱。他想走出花店，但又强迫自己，不试试怎么知道呢？

他并没有选花的经验，在店员的推荐下买了一束玫瑰花。捧着红玫瑰的杜军有些害羞。他从来没有送花给过任何人，把花捧在手里的感觉是那么别扭和尴尬。尤其是当他走在小区里时，路人探寻的目光让他感觉到如芒在背。

岳父岳母按照约定已经回到了自己家。杜军回到家打开灯，屋子里收拾得井井有条。王筱澜更愿意自己的父母到家里来，在这一点上，杜军的父母没有太介意，为了小两口着想就很少来打扰他们。

杜军换了一套衣服以后就开车到了王筱澜上班的地方。他知道今天王筱澜要加班。车是问一个战友借的，他和王筱澜还没有买车的计划。

王筱澜是一个人从花坛那边走过来的，她走到杜军身边，甚至没有抬头看他一眼。但她走了几步以后又回过头来，一脸诧异的表情："你怎么来了？"

杜军打开车门把玫瑰花送到王筱澜面前，王筱澜依然是错愕地看着眼前的男人。

"上车。"杜军把副驾驶的车门打开后，很绅士地站在一边等她上车。

可王筱澜没有坐副驾驶，她打开后面的车门，一脸不情愿的表情坐在了角落里。

车子启动后，王筱澜冷冷地问道："这是谁的车？"

杜军说是一个战友的，然后就告诉她要带她去吃好吃的，吃完了再去看一场电影。

王筱澜没有吱声。

吃饭的地方人太多，两人排队就排了半个多小时。等吃完饭，王筱澜告诉杜军不去看电影了，时间太晚，有点累了。杜军以为王筱澜是欲拒还迎，就嬉皮笑脸地坚持要去看，掏出手机准备买电影票，王筱澜冷冷地走开了，走到电梯口，头也不回地准备下楼，杜军见状只好跟上去。要说看电影，其实他自己也没有多么喜欢，他进电影院就犯困，倒也不打鼾，只是时常点头如捣蒜。王筱澜以前总是觉得他很逗，又不想惊动他，除非他不小心把头靠在旁边观众的肩膀上。杜军心想估计是王筱澜还是对人多的地方有些排斥，也就觉得回家也不失为一个很好的选择。

杜军把王筱澜送回家以后，就把车还给战友了。他其实还计划第二天要带王筱澜去郊区的一个景点转转，可王筱澜不愿意去，杜军也就没有坚持。杜军回到家的时候，王筱澜已经睡觉了。新买的花被凌乱地放在茶几上，空了许久的花瓶依然空空荡荡，孤零零地待在电视柜的角落里。

杜军感觉自己就像那个花瓶一样。

杜军接了少许的水装进花瓶，然后又把花插到花瓶里，中途不小心把手扎了几下。他很少做家务，一来是没时间，再者自己动手也总是被挑剔。

他坐在客厅里，没有开灯，点燃了一支烟。忽然感觉到浪漫似乎是与生俱来的，一个不懂浪漫的人刻意为之，只会让一切显得尴尬。

王筱澜并没有睡着，她躺在床上听着客厅里的动静，感觉浑身乏力，她不想吵架，只想自己一个人待着。

回想起刚刚发生的一切，她虽然知道自己的表现并不好，但也还是有些不满足感。她气他为什么始终不懂得如何让自己的妻子开心。她以前以为杜军是会渐渐明白自己的，她以为自己不需要说，杜军也可以感应到她的需求，可这种希望已经幻灭了。幻灭不可怕，可怕的是，她无法接受幻灭。于是她的内心里产生了一种畸形的仇恨。事实上，那不是真正的仇恨。如果真的不再爱一个人，会没有任何感觉，无论他怎么对你，你都无动于衷。她没有办法面对感情中出现的挫折，没有勇气去解开那个疙瘩，她认为那个解开的过程很痛苦。她甚至都没有意识到这些问题。

第三章　余温

13

北湖中队被投诉了。支队的一个电话把彭振宇原本平静的一天搅乱了。

事情的起因是，北湖中队两天前接到一个报警，是一起民房火灾，消防队到场花了五分钟，可报警的时间太晚，到场后火已经快熄了，最关键的是烧死了一个老人。投诉的是老人的儿子，刚从国外回来，父亲的去世让他无法接受，认为消防队到场晚，处理不及时，没有在到场第一时间搜救被困人员，导致老人被烧死。

彭振宇在火灾发生后到过起火的小区，并且组织了火灾调查。当时现场的种种迹象表明，火灾原因可疑。老人因为中风，行动不便，起火部位是老人所在的房间里的单人床，只有床起火，宿舍里的床头柜被熏黑也没有着火，在床边发现了烟头。彭振宇在调查时，老人的女婿猜测是晚上躺在床上抽烟，抽着抽着就睡着了，烟头点燃了被套，之后把床烧了。

彭振宇觉得有些蹊跷："他中风后是有哪一边偏瘫？"

老人的女儿哭哭啼啼地说："右边不是很方便，左手还没有。"

彭振宇没有继续追问，而是联系了刑警队，烟头是在床的右边，而老人右手不便，按理说不应该使用右手抽烟，再加上中风后，医生应该交代过不让抽烟，为什么会出现这种情况呢？最可疑的是只烧了床，其他地方都没有起火。

刑警队介入调查后，彭振宇就做了一些协助性的工作。

一般火灾如果刑警介入调查的话，这起火灾就会被判定为刑事案件，也不会算成是亡人火灾，这是惯例。可老人的儿子从国外回来，了解到情况后，不仅不满意消防部门的处置，也不满意警察的处理结果。

他甚至不满意姐姐和姐夫在处理这件事情上的做法。他认为应该彻查到底，或许问题的根本在于他对一切都充满了怀疑。

支队纪委要求高新消防大队把火灾处置和火灾调查的基本情况都原原本本上报。彭振宇很快就安排人把材料准备好了。

北湖中队离火灾发生地点有六千米，接警时间是凌晨 3 点 23 分，到场花了五分钟，接警录音调出来以后，也符合当时的情况，消防队到场后因为现场只有宿舍起火，而当时明火已经熄灭，不存在搜救人员的问题。起火的民房是三室一厅，发现起火的是老人的外孙，他半夜起来上厕所，经过老人的房间被烟呛到就叫醒了自己的父母。报警电话是老人的女婿拨通的，他在慌乱中拨通了 119。从消防中队的处理情况来看，没有任何差错。如果非要挑剔，应该是消防队到场后，消防车没有办法开进小区。

两辆私家车挡住了消防通道。发现消防通道不畅以后，老吴很快就带领到场的战士跑进了小区，并没有耽误救火。小区的室内消火栓是正常的，关键是当时已经没有明火，并不需要出水灭火。

所以老人儿子投诉的情况牵涉到消防部门的那部分立不住脚。彭振宇找到老人的儿子再次做了解释。老人的儿子一开始态度非常恶劣，但渐渐也缓和下来。他可能是在和彭振宇的沟通过程中了解到自己只不过是对父亲的死亡充满愧疚，他在国外定居，父亲中风后原本打算把父亲接到国外疗养，可当时的情况并不成熟，他也因为工作的原因，计划一拖再拖，等条件成熟的时候，一切都晚了。再加上他认为警方为了快速结案将父亲的死因定性为自杀，这怎么都无法接受。

他只是当着外人没有和姐姐姐夫理论，但彭振宇知道，他们肯定在私底下争吵过。道理显而易见，老人的儿子怀疑是姐姐和姐夫其中一人点了那把火。

消防大队的调查结果，他虽然没有接受，也没有进一步质疑。剩下就是警方的调查结果了。

彭振宇把事情处理完以后，安排人对小区的物业进行了一次培训，物业经理打包票说之后再不会出现这种情况。物业也接受了处罚。

而类似的情况在辖区还有很多，现实情况往往繁杂而无从下手，离奇的事情总是层出不穷。

在全体官兵的会议上，老吴再次把出警的各种注意环节进行了强调。他拿这次火灾为例进行了讲解，这起火灾并没有太多复杂的环节，相比较于化工火灾和高层民房火灾，这起火灾的复杂程度甚至显得微不足道，可如何能够在各个环节不出差错，是他们在日后出警过程中必须面对的课题，说白了就是起码不让人挑出毛病。

战士们也说出了自己的想法，他们也有自己的困惑，结合之前出警过程中遇到的经历，提出了很多需要解决的困惑。

虽然事情有惊无险，但彭振宇却依然被折腾得焦头烂额，他不仅要忙着处理大队的监督执法任务，还有新中队装修的事情也让他头疼。中队建好已经有一个月了，但是装修方案迟迟没定。他还在等待支队的审核。

作为新建的中队，支队提出了很多要求，想要把金沙中队建成全市的标兵中队，首先要把营房打造得具有代表性，支队营房科和组教科结合领导的指示，提了很多建设性意见。

拿到了装修方案，剩下就是花钱的事情了，彭振宇看着装修公司的报价，间歇性头疼再次发作。

14

"我们离婚吧。"王筱澜坐在沙发上冷冷地说，她盯着电视，眼神黯淡无光。

杜军刚刚站稳，他找了半天没找到自己的拖鞋，心想是不是王筱澜的间歇性洁癖又发作，把拖鞋拿去洗了，就没直接问，光着脚进了客厅，谁知道王筱澜劈头盖脸一句话，让他差点没招架住。

"我拖鞋怎么不见了？"杜军不接她的话，开始假装找拖鞋。"一个星期不回来，连拖鞋也不要我的了？"杜军一面说，一面还自嘲般地笑了笑。

"别找了，扔掉了。"王筱澜说完把遥控器啪一下扔在茶几上。

杜军本来是不准备吵架的，可那啪的一声就像是一巴掌打在自己脸上一样，他回到客厅里，稳稳地走到王筱澜身边。那样子就像是要打人一样。

"你到底有什么不满意的，不能好好说吗？"杜军在气头上居然能说出这么一句还算理智的话，他忽然有点佩服自己那一刻的冷静，只有面对这个女人他还能收敛自己的脾气，否则那后果真是难以想象……

"我不是在跟你商量，我们不要再装下去了，没有感情，还不如自己一个人过。"王筱澜继续冷冷地说，甚至没有看杜军一眼。

杜军坐在沙发上，把烟灰缸放在旁边，点燃烟，也不搭理她。过了一会儿，他平静地说："你想离就离，凭什么？"

王筱澜没想到杜军会用这种无赖一样的语气跟她说话，她以为杜军平时都直来直去，如果自己好好说，再刺激一下他，应该不会是一件很难的事情。

"你也问问你自己，你还喜欢我吗？我反正已经不喜欢你了。"王筱澜说。

"喜欢啊，我一直都喜欢你。不管你喜不喜欢我，我都喜欢你。"杜军气定神闲地抽着烟，但他忽然意识到自己好像不应该用这种态度，他迅速地掐灭了烟："我们当时决定结婚就没有想过要分开啊。不管你有什么不满意，我反正从来没想过。"

王筱澜却依然坚持自己的那一套："可是人都是会变的，以前我们不知道对方不适合自己，现在我们不仅连孩子也保不住，连感情也淡了。与其将来变成仇人，还不如现在就和平分手。"

"如果你仅仅是因为孩子，那我认为你更不应该提离婚。现在我们之间确实有些问题，我承认自己没时间陪你，是我不对，但你自己的态度也并不好，你应该知道吧。"

"因为我发现我们并不合适，我不愿意再继续这样下去了。"

"可是感情出现了问题并不是我们原来想要发生的事情，即使出现问题，我们不放弃对方不是更应该做的吗？"

"一辈子这么短，我们何必将就，趁现在还年轻，为什么不找更适合自己的人呢？"王筱澜不依不饶。

"可是你有没有想过，一旦离婚，你就很轻易可以找到更好的人了吗？起码我了解到的那些人，离婚后找到幸福的人是有，但也有很多一直找不到。"

"不试试怎么知道呢？"

"小王，不是什么事情都需要试的，我们都是成年人，应该为自己的选择负责。"

"我又不是消防员，需要对这个负责，对那个负责，我只想对自己负责。再说，我一个女人都不怕离婚，你一个大男人怕什么？你一定可以找到更爱你的人，我现在变成怨妇一样，连我自己都嫌弃我自己。我承认我自己是有很多不对的地方，可是我觉得让我变得这么不对，是因为你。"

"因为我……"杜军原本还有很多耐心和王筱澜争下去，他知道自己争下去王筱澜可能会渐渐明白，可是一种疲惫乏力的感觉瞬间袭来，他不再说话了。

不过他自始至终没有说一句难听的话，他没有提王筱澜为那些鸡毛蒜皮的事情总在给自己脸色，没有提王筱澜对自己的父母时而无理取闹一样的挑剔，没有提她总是让她的父母掺和进两个人的生活，如果非要说不满意，自己对王筱澜也有很多不满意的地方，但他每次都选择了忍让，而现在的结果是，他已经纵容了她太久，以至于她甚至都没有意识到自己一直站在一个强势的位置上对自己指手画脚。而她却一直还不满意，甚至变得蛮横强硬。

杜军想起彭振宇说过的那句话，有理也别争。

他现在也不想争了，他感觉到累了。

杜军起身走到窗边，窗外是万家灯火。夜晚把温柔的灯光拥在怀中，偶尔有几个窗户没有开灯，似乎用沉默在回应着夜晚的黑暗。楼下的儿童乐园里不时传来孩子嬉闹的声音。不远处，有些浓墨的颜色，是小区里的树木。行驶的车辆把灯光打在路面上，那些光亮遁迹后，路面又恢复至平静。

"我们都冷静冷静吧。"杜军站在窗边像是自言自语一样地说道。

"好，希望你好好考虑我说的话。"

王筱澜起身进了卧室。

杜军又在窗前站了几分钟后，决定出去走走。这一晚，他不准备在家睡觉，可走到父母家门口又有些退缩，如果父母问起他怎么不回家，又要找借口搪塞。

他漫无目的地走在大街上，看着来来去去的车辆，一时半会儿还没想好要去哪里。战友家里也是不好打扰的，现在回中队又引得老吴猜测。

最后他还是怏怏地回到小区，跳广场舞的人还没有散去，偶尔有大人带着孩子从身边经过，那些孩子说着充满稚气的话，很天真的感觉。杜军忽然发现自己不属于这里，不属于这种安逸的氛围，他好像无法在这种氛围里长出根来。而在中队他却戴上了某种面具，那是他和大家习以为常的面孔，如果他揭掉那个面具，会无法正常工作。

他很少胡思乱想，可能是王筱澜的话给了他一些刺激，让原本风风火火的他瞬间慢了下来。他坐累以后还是回家了，那天晚上他睡在客厅的沙发上，做了很多奇怪的梦。

15

消防车行驶在颠簸的路面上，官兵们的睡意早就被震得无影无踪。起火的是远城区的一处民房，按理说，这种火灾一般都是专职消防队来处置的，他们的位置更近，对辖区情况更熟悉。可最近，支队出了规定，凌晨的火灾，要提高调派等级，即使专职队已经出动，现役队也还是要出警。于是，当天值班的邱明就带着两辆消防车出动了。

一路上，专职队的队长和他们取得了联系，说是会尽快赶到现场。

到场后才发现，民房在一条仅能过一辆消防车的道路尽头，如果路再窄一点，很有可能就没办法进去。邱明提醒驾驶员要注意看路，万一路面塌陷，车子就翻了。驾驶员点点头，不过他用下巴往前努了努，示意专职队的车已经过去了，应该问题不大。

邱明一下车，一个中年女人就跑过来，哭诉着："房子里还有两万块钱呢，过年的时候儿子拿回来的，一直忙着干农活，没存到银行，现在烧没了可怎么办好啊？"

专职队已经在出水枪灭火了。好在火势没有太大，黑色的浓烟已经扭曲着从屋檐和窗户往外钻。判断了一下建筑的情况，砖混结构，起火时间不长，坍塌的可能性小，再加上，如果持续出水，可能会导致屋子里的家具水渍严重。邱明看着那中年女人恳求的目光，二话没说就和另一个士官一起戴着空气呼吸器钻了进去。

在一个木箱子的角落里，邱明找到了那两万块钱，钱的一个角落已经被烧焦了，剩余的部分还有些也被水打湿，如果去银行还是可以兑换的。当他把那残缺的两万块交到中年女人手里时，那女人扑通一声就跪了下来。对于一个做农活的人来说，这两万块是笔大钱。他们赶紧把那女人扶了起来。

邱明回到紫湖中队的时候，早餐时间已经过了。不过食堂给他们留了饭，锅里的面条已经有些糊锅了。但大家还是狼吞虎咽地把一大锅面条解决得一干二净。甚至有人说，这比刚出锅的还好吃一些，可能是太饿吧。

他们私底下也会讨论一下自己亲戚的情况，有的做生意发财了，有的找了好工作，也会羡慕一下他们，但那些对于身在军营中的自己而言都太虚无缥缈。反而是每次成功地出一次警后，能够平平安安回到中队，会让他们感觉到幸福和踏实。

邱明在中队并不会太多表态，他上面有中队长，有指导员，还有另一个副指导员。四个干部在一个中队，情况肯定不会简单。

再加上邱明平日里观察多于言说，总让人感觉他有些藏着掖着，这让直来直去的中队长和指导员感觉他有些琢磨不透。而副指导员其实鬼点子比邱明还多，只是副指导员很会跟人套近乎，他比邱明晚到中队，但跟中队长和指导员的关系却比邱明好很多。

如果把有的人比作风，总是来去自由，潇洒坦荡；把有的人比作火，总是热烈活跃，横冲直撞；邱明这种人应该就像水一样，他像是一片汪洋。时而波涛汹涌，时而一片祥和。只是从外表，你是没有办法捕捉到他的真实状态的。

他即使已经翻起了千层浪，也仅仅会平静地面对所有人。因为他也害怕自己的状态影响到周围的人。小时候，他还会把情绪化的自己外露，但随着年龄增长，他已经学会了隐藏自己，因为他觉得这才是他应该呈现出来的状态。那些不了解他的人，总觉得他不够坦荡，其实，他却对所有一切充满了善意的理解和包容。

好在并不是所有人都以为他是一个城府很深的人，在紫湖中队待了两年的时间，战士们从一开始的排斥也渐渐接纳了他。虽然他手上没有实权，战士们请假等事情都是中队长和指导员说了算，但他反而用一种更平易近人的姿态走进了大部分战士们的心里，当然有些战士也不会把他当回事，总体上而言，他也用一种极力保护自己原貌、没有违背本心的姿态胜任了自己的工作。

他最大的问题可能就是偶尔自己也无法接受自己。他看到了自己的各种短板，但是不愿意承认那就是真实的自己。这种排斥对于自身的成长而言，没有任何帮助。很多时候我们缺乏安全感不会是因为外在的因素，而是内在的问题得不到解决，于是会产生苦恼，反而更不愿意面对自己真实的情况，一直停滞在某个节点，没有办法走到下一步。在紫湖中队两年多的时间里，邱明就一直徘徊在那个时而崩溃、时而又解脱的矛盾状态中。

可任何经历都不是白费的，正是这种痛苦的挣扎，使得邱明渐渐成长起来，哪怕没有在发展的道路上获得质变，也在一点点积累量变，他还需要一个突破口，来实现自身的涅槃。他的工作也让他没有被更多的繁杂琐事来扰乱，除了出警，参加中队的各种训练和学习以外，他都安静地守在那个巴掌大的院子里，守着自己随时变换的内心中的大海。好在他已经不害怕自己被那海面涌起的波浪淹没了，他已经习惯了变幻无常的自己，甚至愿意去探索自己的心到底是怎么了。

这就像是一场修行一样，有时候，不知道前路通往何方，但只有坚定不移地走下去，甚至会走错路，但也只有往前走，只有怀着虔诚的心，心无旁骛地走下去，甚至有可能到不了目的地，获得解脱，但除了走，别无选择。

邱明不知道他的生活很快就会发生一次变动，他用两年时间搭建起来的小世界，会因为一个契机产生巨大的变革。

16

金沙中队奠基仪式结束没两天，杜军就接到了支队政治处的电话，说党委会已经通过决议，要让他到新中队任职。政治处顺便问了下杜军有没有合适的人选来跟他搭班子。杜军一时还没有想到有哪个人适合跟自己一起工作。他是有一些关系不错的战友，也偶尔会私底下聚一聚，可要说谁适合跟自己一起在一个中队共事，还就真不知道。不过他答应会尽快物色一下。政治处回话说，等他的消息。

支队政治处并没有等他物色。政治处的女干事白婧得知金沙中队在选干部的时候就想到了邱明。邱明现在在紫湖中队任副中队长，工作四平八稳，没有任何出彩的地方。关键是紫湖中队还有一个副指导员和他同年入伍，两个人都面临晋升，同时参加了考试，邱明很可能会被打败。

邱明没有把自己面临的处境告诉白婧，但白婧把一切都看在眼里，记在心上。现在刚好有机会可以离开不利的环境到新中队，白婧甚至没有问邱明的意见，直接向领导报告了情况。

毕竟在机关上班，平时在领导身边，白婧的提议也很合理，邱明虽然训练不出彩，但曾经参加支队组织的政工课件评比获得一等奖，平时还喜欢写一些小文章发表在省级媒体上。领导觉得邱明到新中队任职是合适的。

就这样，杜军还没有物色好人选，支队政治处又给他打了电话，说推荐邱明过来和他搭班子。问他觉得怎么样。杜军听到领导这么说，知道这事情肯定是已经定下的，就回话说没有意见，一切听从组织安排。

邱明和白婧是在一年前认识的，两人第一次见面对彼此没有什么好感。那是支队组织的一次文艺汇演，邱明的节目是诗朗诵。演出开始前，邱明没有按时彩排，白婧把邱明劈头盖脸一顿收拾。上级收拾自己，按理说，无论接不接受都只能选择接受。邱明表面上是认错了，但他确实是事出有因。本来是可以按时参加彩排的，只是参谋长临时给他安排了一个任务，他说自己不能耽误彩排，参谋长告诉他没关系，自己会跟政治处解释的。参谋长不知道有没有跟政治处解释，有可能解释了，没有传达到白婧这边；有可能参谋长没解释，认为彩排不是什么重要的事情。总之邱明最终成了彩排唯一一个没有按时参加的人，被白婧当着众人好好收拾了一顿。

那次演出，邱明正常发挥，没有出现失误。演出结束以后，白婧找到邱明向他表示祝贺，并且向他道歉，说自己有些冲动。

之后两个人经常私底下联系，慢慢就走得很近了。他们在某一次见面的时候，表明了彼此的心意，从此就成了情侣。只不过两人没有明目张胆谈恋爱，白婧只把情况告诉了自己的科长。

和邱明一起选进金沙中队的，还有另一个干部宁辉。宁辉比邱明小，刚从大学毕业没多久，是个多才多艺的年轻干部。

过了不多久，支队政治处的任职命令就下了。大家都对新中队翘首以待。副营职中队长杜军，正连职指导员邱明，副连职副中队长宁辉一时间成了大家议论的对象。

为了适应新形势的需要，金沙中队采取混编执勤模式。也就是现役与专职队员共同执勤的模式。因为金沙区的地域特点，支队下一步还会在金沙区的一些人口密集区建执勤点或者小型站。

支队每年会招聘两三百名专职队员，这些专职队员弥补了现役警力不足的问题。但由于待遇和保障问题，专职队员的离职率很高，人员更换频繁，这在一定程度上对执勤造成了影响。

这一批招聘的专职队员正在支队培训基地集训，不过三个月的集训期已经进入尾声。

瞿峰在这一批专职队员里表现出色，很快就得到了集训队干部的赏识。在安排去向的时候，瞿峰被格外关照，问他想到哪个中队。瞿峰对情况不熟悉，集训队干部就告诉他到新中队好。瞿峰之前在一家外企上班，但他一直对部队生活充满向往。他始终觉得没有当兵是这辈子最大的遗憾。可他已经超了入伍的年限。

当他无意间看到支队招聘专职消防队员的简章后，内心里立即掀起了波澜，他把自己的计划告诉父母以后，父母都觉得这个决定不靠谱，让他继续安心工作。可瞿峰偏偏跟父母杠上了，也跟自己杠上了，他偷偷参加了消防支队专职队员的招聘考试，没想到一路过关斩将顺利应聘成功。应聘成功以后，他就瞒着父母向老板递交了辞职信。老板虽然不希望他离职，但知道瞿峰一旦决定做一件事，是谁也阻止不了的，于是又用老大哥的语气告诉他去看看也好，如果干得不开心再回到公司来上班。

进入集训队培训后，父母知道他辞掉企业的工作来到部队，跑到集训队找到他，让他立刻回到原来的企业上班。瞿峰坚决不同意。父亲撂下狠话，如果他将错就错，就断绝父子关系。瞿峰还是选择了坚持自己，他意识到部队生活才是自己的向往，哪怕不能成为一名消防战士，仅仅是当一名专职消防队员，只要能在部队工作也是一种幸福。

17

集训结业典礼结束以后，瞿峰和一些关系还不错的同事一一道别。三个月来，他们之间经历了很多，有些可能在当时感觉到痛苦，可此刻回想起来却让他们发现内心已经被涤荡得很彻底。

瞿峰收拾好行李就开始等接自己的车。他和另外九个同事被分到了金沙中队，集训队的领导告诉他，到了新中队，他会担任班长。瞿峰私下打听到，班长虽然要操心这个班的一些事物，但工资也会比别人要高一些。在企业待了这么多年的瞿峰，听到这个消息还是有些小小的得意。在企业上班时，经理对他也格外器重，在待遇方面也没有亏待过他。

瞿峰一旦决定做一件事就会用尽全力做到最好。他在集训队期间，同样的时间里可以把豆腐块叠得比别人更整齐，走队列更是成了示范标兵，经常被喊到队伍前面给大家做示范，技能上虽然没有表现得太出众，可四平八稳，也从来没有拖后腿，比起大多数人他已经算是出类拔萃了。再加上他深谙与人交往之道，经常找集训队的领导聊天，又能和所有的专职队员打成一片。不过当他渐渐获得一些认可以后，却开始怀疑自己是不是进度太快了。他想要从零开始，而不是一上来就好像驾轻就熟。那种轻而易举的感觉没有办法激发他的热情。

瞿峰坐在空荡荡的宿舍里，这个宿舍一共八个人，都被分到了不同的消防队，其他几个人都被接走了。有的是消防大队的领导带人来接的，有的是中队干部带人来接。他看着那些年轻的，未谙世事的面孔在面对新环境的同事时，多多少少都表现出了一些不安和谨慎。原本很放松的他也跟着同事们的表现内心里有些波动。到了新中队，他自己能一帆风顺吗？在那需要出警的地方，自己还能像在集训队一样，每天只操心训练和学习吗？答案显而易见，到了新的环境，又要重新开始了。他没有把内心里的焦虑告诉一个寝室的其他人，害怕影响到他们，比起他们自己年龄稍长，不论如何都应该更淡定，即使装，也要装得不乱阵脚，否则同事们看到他这个老大哥都情绪波动，会更加摇摆不定。

金沙中队的十名专职队员是高新大队副大队长来接的。副大队长是一个微胖的少校。面色有些发黑，眼睛很大，头发有些卷，说话的时候声音洪亮。"这几个一看就还不错。"副大队长跟集训队的领导这样说，"比去年来接的那几个好多了。"副大队长一面说一面把目光又扫在他们几个身上，像是透过他们的外表在搜寻一些内心的动向一样。

去年接的应该是分到高新中队，瞿峰和集训队的领导交谈时知道的，高新大队现在有三个中队，高新中队、北湖中队和金沙中队。金沙中队是新建的中队，高新中队混编，北湖中队只有现役官兵。瞿峰和几个同事身体笔挺得站成一排，等待领导发话。

"你们不要这么紧张，先放松一下。"副大队长笑呵呵地看着他们说。几个人还是保持原状。瞿峰站在最前面，看着操场上的一草一木，脑海里像放电影一样又把之前经历的种种回忆了一遍。他没有写日记的习惯，但他对自己感兴趣的东西会常常回过头来仔细回想。

大队安排了两辆车来接他们，一辆面包车，一辆小轿车。面包车只能坐七个人，剩下三人要坐小车。瞿峰上了小轿车。临走时，他又冲集训队领导挥了挥手，没有说更多的话。不过那个笑容里已经把他内心里的感激之情表达出来了。

一路上，副大队长都在不停地接电话，原本准备从副大队长那里获取一点信息的瞿峰也没有得到什么消息。他感觉消防大队的各种事情十分繁杂，副大队长要处理的事情多而杂，比在企业上班的那些人还要杂。

汽车在市内开了接近一个小时才到达金沙中队。金沙中队从外表看去，真的就像这个名字一样，透漏出一种金光闪闪的感觉。"真气派啊！"瞿峰忍不住赞叹道。副大队长被他逗乐了。"气派吧，全市现在最好的营房了。你们真是幸福，建这个中队，可把我们累惨了。"

下了车，几个人把行李放在一边，中队还安排了欢迎仪式。中队长杜军和指导员邱明、副中队长宁辉，还有另外二十一个消防战士都列队对专职队员的到来表示欢迎，杜军安排了两个班长带这十名专职队员到相应的班上。十个人有五个被分在和现役战士一个班，还有五个单独成一班。杜军应该是很早就摸清了这十个人的基本情况，瞿峰现在成了五班的班长。五班现在人数最少，其他四个班都有五到七个人，不过有些战士休假了，中队整体上看还是没有多少人。

上午他们都忙着收拾内务。每个人都有了自己储物柜，班长给他们讲了储物柜应该怎么摆放物品，卫生间里牙具和毛巾应该怎么放，皮鞋和作训鞋应该放在鞋柜的什么位置。给他们讲解的是一个第五年的士官，这人有一种一丝不苟的样子，没有太多复杂的动作和表情，说到什么事情的时候总是在搜刮出更合适的表达方式让别人可以更清晰地接受。当有人质疑时，他也不会不耐烦，而是很快就体会到别人的意图，用另一种角度来讲解。半天不到的时间里，几个专职队员已经对他刮目相看，因为他虽然没有表明自己有多大的能力，可他的威严藏在他平易近人的态度后面。大家都不在他面前开玩笑了，开始认真听他讲新中队的注意事项。他们也了解到，作为一个新建的中队，金沙中队会有很多人来参观，上级领导三天两头往他们中队跑，所以卫生方面不能有丝毫的差错，否则就会被上级领导批评。没有人想要掉队。几个被子叠得不好的专职队员有些担心，怕自己到时候因为被子叠得不好被领导收拾。瞿峰安慰他们，既然担心，那就好好叠，并且告诉他们自己会抽空再辅导他们。

18

忙了一整天，人人都忙着拾掇自己床铺的时候，中队干部寝室有人敲门，邱明和宁辉正在扯闲话，敲门的是瞿峰。

"报告！"瞿峰一个立正，紧跟着敬了礼，喊道："指导员好！"

一套动作下来还有些僵硬和突兀，但也有那么点意思了，在企业上班的时候也要讲礼节，不过没有部队这么庄重。

"怎么还不准备就寝？"

"我有情况要向领导反映。"

紧接着，瞿峰就把专职消防队员和战士们之间发生的一些事情讲给了两个干部。

金沙中队成立以后，都是从其他消防中队抽过来的战士，彼此之间还没有熟悉，难免磕磕碰碰，关系并不融洽，新分进来的专职队员和战士之间也就没有十分和谐。出警的时候还好说，都是按照老班长的分工，各司其职，没有出现差错，然而矛盾激化却是由于吃饭洗碗的问题。

老兵的碗让新兵洗，新兵不敢反驳，但也老大不情愿，几个新兵就合计着让专职队员洗，还威胁他们："老老实实洗，不然领导把你们辞了。"这话到底是谁说的，已经无从查证，但肯定是有人说了，但不是说给瞿峰，瞿峰毕竟是见过世面的人，这种话根本骗不了他。

几个专职队员已经觉得在这里上班氛围太压抑，想辞职了，还有几个虽然没想着打退堂鼓，但也不痛快，每天看到其他战士就像是看见了仇人一样，要不就是躲着不多接触，但训练出警又难免碰到，好不尴尬。

瞿峰跟邱明把情况讲了个大概，没有说谁的不对，他向来鄙视那些打小报告的人，但这种事情如果不向领导反映，将来这个集体也就乱了，思来想去，他决定还是当一回恶人，否则歪风邪气不除，自己不是帮凶吗？

邱明听完瞿峰的话，用一种非常平和的态度对他说："先前不知道，现在听了还真是感觉越活越回去了，以前在其他中队也听说过这种事情，但都没有在自己身边发生过，以前的中队也有专职队员，但大家在一起就跟亲兄弟一样，从来不会有这么不合理的事情发生。你先回去吧，我会和中队长好好商量，再有什么不好的苗头，如果你发现了还是及时告诉我们。"

瞿峰看着邱明真诚的眼神，还是感觉自己没有看错人，他一来这个中队就发现几个干部里最好说话的应该就是邱明，中队长人是不差，但不一定好沟通，副中队长又有些摸不透，所以他自从决定要反应情况就决定先找邱明，如果邱明不接茬再找杜军。听到邱明这么一说，他知道自己没看错，快要走的时候，他尴尬地笑了笑。

邱明看他欲言又止的样子，问道："怎么了？还有其他事情吗？"

"这个……我也是做了很激烈的思想斗争才来找的您，希望今天的谈话只有我们知道，否则我以后也不好办……"

邱明哈哈大笑起来，上前拍了拍他的肩膀："放心吧。"

瞿峰走了以后，邱明就到隔壁找杜军商量。杜军的寝室比邱明和宁辉的小，但毕竟是一个人住，会更自在一些。杜军正在寝室里打电话，看邱明进来，他又说了几句就挂断了。

邱明猜测那个人应该是嫂子，杜军跟别人打电话的时候都是一副吊儿郎当的语气，只有跟王筱澜讲话的时候会一本正经，他刚接触杜军，并不了解杜军的情况，甚至觉得杜军这样其实蛮有意思。

说明来意以后，杜军并没有表现得很惊讶，而是很镇定地想了想，他不是没有发现一些问题，只是没想到问题会这么严重。

他找来了刘帅，四级警士长，军龄比他都还长的一个士官，其他战士都喊他老刘。

"听说您老人家现在都有人伺候了？"杜军半开玩笑地说。

老刘一听感觉不对劲。

"您这是哪里的话，我一个战士，怎么敢做这么大逆不道的事情？哎呀，真是太冤枉我啦！"

老刘一急，脸都红了，一排门牙也咧了出来，但他没有继续喊冤，因为这种事情，他其实是知道的。中队就这么大个地方，他怎么可能不知道呢？

他一本正经地向杜军报告："哎呀，这现在的新兵蛋子一个个都是皇亲国戚，金贵得不得了，还不知道哪天会得罪哪个领导，哪敢欺负他们……"

老刘私底下跟杜军才会这样说话，平时有其他人在，他也是正儿八经地用下级对上级的态度讲话。他跟杜军老早就认识了，那时候杜军还是其他中队的指导员，他们在一些火灾现场打过照面，彼此还开过玩笑，现在到了一个中队，成了上下级，他在人前也是表现得很有规矩，私底下，就没有那么拘束，毕竟他资历老，有些东西他见得太多，觉得没必要那么俗套。

杜军也默许了他的这种两面派的做法。

只是老刘对并不太熟悉的邱明和宁辉还是一直都不敢逾距。一来也是因为邱明和宁辉更年轻，有些度他们不一定把握得好，二来还是因为从心里觉得这两人没有杜军这么好接近。

"继续演，你就继续演吧，给你颁个金鸡百花奖男主角奖。"杜军说。

老刘这下乐开了花，笑得合不拢嘴，两排门牙暴露无遗。

"中队长真是精明，什么都瞒不住您呐！"说完，他就感觉自己好像说错了话。

"怎么样，说漏嘴了吧。"

老刘就把自己了解的情况一五一十地告诉了杜军。原来确实有几个士官在这样做，不是所有人，他自己就从来没有干过这种事情，但老刘还是留了一手，他觉得没有必要出卖别人，谁知道哪一天自己不会犯事儿呢？

第四章　朝气

19

　　"今天我们来学习一下新的绩效考核办法。"杜军英姿飒爽地站在主席台前，仔细扫描着台下一双双昏昏欲睡的眼睛，他发现没有人听到这句话后有太大的反应。心说，等下你们就知道怎么回事了。

　　"我们以前的考核办法是完全遵照支队的办法，一来是因为刚到这个中队，对所有的人员情况还不了解，二来是怕我们动静太大，你们受不了。"

　　台下有几个老士官已经开始窃窃私语，"估计要整幺蛾子了。""搞这种没用的东西有用？"

　　声音很小，但还是传到了杜军的耳朵里。

　　"宁队，把刚说话的两个人记下来，程平和聂安华。等下我们学习完，先每人扣 0.5 分，因为是刚开始，我就手下留情了，以后严格按照我们的办法来执行。"

　　学习室里，所有人都坐直了身子，心里想着，看来是动真格的。不过也有些眼神里满是不屑，似乎在说，看你能坚持多久，时间长了还不都是一个样子？

　　但杜军却继续一本正经地开始宣读自己的绩效考核办法，办法不长，分为六个部分，指导思想、组织领导、考核方法、绩效加（减）分项目、考评监督、考核结果运用，前面的三个部分杜军都是一笔带过，着重介绍了绩效加（减）分项目和考核结果运用。

这个办法看似简单，却对所有人的一日生活秩序、日常工作表现、群众监督都有着细致入微的规定，其中有一项是"对他人不遵守办法的行为进行监督，及时提醒和举报可以加分"，这让很多士官都哭笑不得，这样一来那些心狠手辣的就可以轻易获得加分。介绍完考核办法，有人举手提问，杜军示意可以发言。

第四年的程平一来这个中队就开始不安分，一来是仗着支队有科长是他的亲戚，再有就是第五年他已经准备退伍了，来到这个中队完全就是为了躲个清闲，没想到清闲没讨到，迎接他的是更残酷的环境。程平老大不情愿地站了起来："既然支队有绩效考核办法，为什么我们还要弄新的办法，这样是不是违背了上级的要求？"

下面立刻有人起哄："就是！""对啊！"

杜军淡定地扫了他一眼，非常平和地说道："支队的绩效考核办法其中有一项是，各单位可以结合实际，根据该办法制定符合本单位实情的具体实施细则。"

程平一时语塞："那我们这个办法是否合理？是不是结合了本单位实际呢？具体操作起来会不会又是假大空，坚持不了多久又没动静了？如果有这种可能，那还有什么必要吗？"

"等等，你刚刚问的是四个问题。我一个一个来回答。"杜军走到台下，在两列座椅中间来回走动。

"是不是合理？那肯定是合理的，没有任何一项不是根据条令条例来制定的，而且我们制定完还请教了支队的警务科，警务科说我们的办法制定得很好，下一步要在全市推介我们的经验，从上级的态度就可见一斑，这肯定是合理的。"

这样一说，台下又安静了一些，原来上级已经知道这件事情了，看来就算有一百个不情愿，也无力回天。

"是不是结合了本单位的实际？我想说下最近我了解到的情况，咱们都是新到这个中队，但来了以后发现大家并没有进入状态，出警马马虎虎，平时生活中磕磕碰碰，不和谐的情况很多，举个例子，听说有人让专职队员洗碗，这真是让我震惊，没想到身边还有这种事情，大家都是战友，凭什么别人要伺候你？我们干部的碗让你们洗过吗？以后出警的时候遇到的危险的情况很多，大家要生死与共，危难时刻谁能救你，是战友啊。"说到这里，他顿了顿，台下鸦雀无声，大家似乎都被中队长的话说服了一样，"所以，这个办法是为了我们成为更好的集体，这是我们的初衷，它肯定是结合了我们的实际。"

"具体操作起来是不是假大空，坚持不了多久？这是肯定的，所以我们才需要干部，才需要班长，才需要每一个人都互相监督，这样它就不会是假大空，也不会过不了多久就偃旗息鼓。"

"最后一个问题是啥？"杜军一时想不起来了。

邱明说："如果存在那些可能，是不是还有必要？"

"当然有必要，正是因为存在那些可能，才说明更有必要执行，还没有执行，就已经被否定的东西，说明它触及了你们的一些底线，现在我不予评价那些底线到底是好还是不好，但是，我们既然工作，既然拿了工资就要遵守规则，外面的叫职场规则，我们这里就是纪律。"

程平怏怏地坐了下去，嘴里嘀嘀咕咕不知道在说什么。

"还有没有疑问？有疑问赶紧提，别到时候又老大不情愿。"邱明坐在主席台上补充道。

台下没有人再提问。

紧接着，邱明又组织大家学习了一遍，逐条和大家进行了探讨，对一些疑问进行了解答。

台下的一些"不法之徒"没想到，这么快自己的好日子就结束了。而那些原本就老老实实的人倒是觉得无所谓，反正自己本来就是这么做的，以后继续干好自己的本职工作就可以了。专职队员也松了口气，大快人心。瞿峰给身边的几个人使了个眼色，那意思大概是，总算是解决了心头之患。

20

金沙中队毗邻一个还建房小区，中队门前有一条又长又宽的马路，马路的一端是还建房密集区，有十几栋三十层高的楼房，小区楼间距很大，只是没有做地下停车场，车都停在路面，进到小区会看见路两边停满了私家车，挡住了大部分还不错的绿化；与还建房相隔一千米左右，是一个国内小有名气的房地产开发的楼盘，取了一个很普通的名字，幸福小区，虽是品质楼盘，白天却像是一座空城。如果在这个小区待一整天就会发现，白天行人寥寥，晚上人山人海。

金沙中队紧挨着的还建房小区倒是没有这么强烈的对比，很多拆迁户一夜之间就有了很多套房，那些房子他们也不会都拿来自己住，而是自己选一到两套楼层和光线最好的，自己住或者给老人住，其他的都简单装修以后出租给别人。在房价高涨的时代，房子就是最有说服力的资产。那些拆迁户大部分都是一夜暴富，但也不是所有人都会随意挥霍，很多还是本本分分过着自己的小日子，从外表完全看不出来他们其实早就解决了温饱问题，实现了小康水平，过着衣食无忧的生活。金沙中队和这个小区的居民大多数时候都相安无事，也有一些不讲道理的居民会故意骚扰一下官兵，但在杜军和邱明的领导下，很轻易就化解了矛盾，很快，金沙中队就在周围群众的心目中树立了正面的形象。

倒是不远处的那个品质楼盘，规划中有近十万居民，很多都是年轻人买来作为刚需房，白天这些年轻人都会赶到武汉市各个繁华的办公楼里上班，只有晚上回来和老人孩子团聚，所以这里相比较而言，报警的还稍微多一些，很多取钥匙、救宠物的警一直隔三岔五就出现，因为隔得不远，倒也没有太大麻烦。一开始还没有发现这些救援类警情需要注意，后来几次很普通的警却上了市级电视台和报纸，杜军和邱明于是合计着，一定要对出警纪律严格要求，否则哪天一个不小心，出警着装或者程序不规范都会引起十分不好的影响。

金沙区还在不断地扩展中，楼盘在一两年之内多出许多，由于交通不便，很多市政规划的路线也逐渐开工。修路是好事，居民都欢迎。问题是，修路总会导致附近的小区停水停电，遇上停水，中队就要接到上级的指令到还建房小区送水，这种警情屡次发生，倒是幸福小区那边很少有这样的要求，停水以后，物业保障得很及时，会提前安排工作人员在楼下给居民供水。

到这个中队不久，杜军就发现了这种情况，经常和几个班长讨论如何解决这些问题，大家似乎很快就形成了共识，一是看上面的领导怎么安排，再来就是要做好自己的本职工作，每天都要保证所有的水罐消防车油水电充足，不要出现临时要出警又遇上要送水的时候，分身乏术的情况。

有一天区政府的领导要到这附近视察，刚好又赶上了停水，杜军接到大队长彭振宇的电话说是要安排消防车到还建房那里送水。

杜军就安排了邱明亲自带队过去，原本这种社会救助类警情都是宁辉带队或者找一个资历老的士官带队，本来就在中队旁边，但考虑到政府领导视察，就不得不重视一些。

居民在官兵们的指挥下很快就排成了一列，有的拎着水桶，有的夫妻俩抬着大盆子，有些老人只是拎着一两个开水瓶，所有人有说有笑，等着轮到自己的时候到来。这些拆迁户很多以前都住在一个村子里，有些是很熟悉的样子，有些就彼此看不惯的感觉，这也是邱明无意间听门口的那个小卖部的阿姨说起来的。

邱明站在那里帮着几个年龄大的老年人接水时，一个长发飘飘的身影从他身边经过扫了他一眼，邱明还没注意，几个新兵都发现了相互示意，咧着嘴笑了笑。

"指导员，刚刚有个妹子看上你了。"一个一期士官对邱明说，中队人都喊他南瓜，可能他的头比较大，像个南瓜样。

"瞎说什么呢？注意影响，这么多人呢。"邱明刻意掩盖自己的害羞，但还是被其他人发现了。

"指导员，你的耳朵都红了，是累的还是不好意思啊。"

"懒得理你。"

邱明说着就继续去招呼其他群众了。

"其实这附近还真没有什么美女，以前我当新兵的时候在江汉路中队，那附近真是有看头。"

南瓜看邱明已经走远了，对身边的几个人小声说道，其他人都笑了起来。

刚说完，一只有力的手掌已经揽住了他的肩膀："你是不是准备扣绩效了？"

邱明不知道什么时候又窜了回来，吓得南瓜一哆嗦。

"对不起，我错了。我这是给大家解解闷，请指导员高抬贵手。"

"等下政府领导就来了，你还在这里不老实，我给杜队打电话，让他把你接回去。"

"真不敢了，我错了。"南瓜说着已经跑到一个老伯身边主动拎起了水桶，那老伯连声说着谢谢。

邱明见状也就没有继续跟他较真。

一上午很快就过去了，邱明回到中队把情况跟杜军反馈了一下，说是领导并没有经过还建房小区这边，不过送水的任务已经完成了。还建房那边的一个小领导过来口头感谢了他们。

回到寝室，邱明才打开手机，上面已经有好几条消息了，一些是同学发过来的段子和视频，还有两条白婧发过来的。

"怎么到了新中队当了主官，就忘了我们这些平民百姓吗？"

看他没有回复，白婧又发了一条：

"周末有没有时间？有个电影我蛮想去看的，就是没人一起。"

邱明心中窃喜着回复她：

"有时间，周六休息一天，陪看电影，陪吃火锅，陪逛街，简称'三陪'。"

21

快下班的时候，白婧又去了一趟处长的办公室，问了一下周末有没有事情需要加班。处长哈哈笑着说，这个星期就放你出去好好休息。前段时间有一个主题教育活动，基本上每个周末白婧都和处长一起加班。白婧渐渐习惯了这种工作节奏，属于自己的时间太多也会多出很多烦恼。她那些在基层工作的军校男同学，并没有太多时间消遣。还有一些已经转业的同学去了待遇更好的地方，时常在全国各地奔波，有些甚至需要经常出国。她觉得时间应该都拿来做有意义的事情。原来她就是一个想法比较多的人，闲下来只会让自己有更多时间胡思乱想。

简单收拾了办公桌，把卫生又整理了一遍以后，她想起第二天和邱明的约定，心里有些小小的期待。她甚至都想好了要穿哪一套衣服。她的衣服不多，也不是什么名贵的品牌，虽然她自己的工资水平还凑合，可以去买一两套还不错的衣服，但她觉得没必要。上班要穿制服，下班很多时间都在加班，衣服买得太好反而是浪费。

母亲总会在她的穿衣打扮上对她挑三拣四。女孩子不注重打扮怎么行？母亲是这样说的。她会笑眯眯地看着母亲，很平静地点点头，听多了也就觉得没什么，反正在这个问题上她早就决定了：不反驳，也不执行。

白婧住在离单位不算远也不算近的一个小区，大概有十千米左右。十千米这种距离在武汉来说不算远，但是遇到上班高峰期就会堵车，所以她每天虽然回家很晚，早上却总是很早就出门了，为的是不迟到。

白婧原本是可以住在父母家的，不过她的母亲用具有战略性的眼光看问题，决定结婚前一定要给女儿买一套房子。父母为了这件事情还有些意见分歧。父亲想的是，女孩子家买房做什么？将来结婚都是男方出房子，女方顶多陪嫁一辆车。可白婧的母亲说，不要用你的老思想来看现在的事情，女孩子没有房子将来就没有底气，与其指望男人，不如指望自己。父亲没有拗过母亲，白婧在父母的赞助下付了首付，还有不多的贷款都是她自己一个人在还。原来母亲要付全款的，家里也有那么多钱，可白婧最后坚持要自己还贷款，因为不想啃老。母亲还想坚持，白婧就不同意了，如果付全款，那就写你们的名字，你们自己去住。

好在还贷对于白婧这种不喜欢买衣服、不喜欢用化妆品的女孩子来说，不是什么太难的事情。她喜欢交朋友，可维持友情并不需要太多开支，只需要彼此性情相投。

房子的装修都是她自己出钱一点点装起来的，没有花太多钱，两室一厅的房子，被她收拾得也温馨舒适。有些同学问她，你怎么不把房子出租，住在父母家？白婧一开始没想好怎么回答，只是说新房子也需要人住，但又不想出租。后来再有人问起，她就告诉别人，如果将来我找一个对象，肯定不会找一个跟父母住一起的男人，人到一定岁数就需要独立生活，不能一直活在父母的庇护下。她也是这么告诉母亲的，母亲对她这个说法倒是挺满意的。不过父亲很犀利地补了一刀：将来生了孩子，还不是要指望老人来带？母亲一巴掌拍过去：你真是亲老子。

白婧心想着，还没到那一步呢，走一步看一步。说不定可以找到一个合适的对象，以后就自己带孩子，然后其中一个人不用上班？

可现实的情况是，不是想找到什么样的人就会找到什么样的人，当那个人出现的时候，会发现，怎么跟自己原来想象的一点都搭不上边呢？

但她知道自己心里喜欢的是邱明。也说不出来喜欢他什么，反正就是喜欢。

白婧比约定好的时间提前了半个小时来到万达广场。武汉有很多万达广场，这一个万达广场在市中心。如果把白婧家和邱明的中队在地图上连成一条直线，这里刚好在这条直线的中点。白婧不喜欢逛商场，就一个人坐在商场外面的花坛边整理自己的挎包，包里塞了好多乱七八糟的小票和小卡片。在武汉生活就是这样，一个不怎么热衷于消费的人也总是有机会花掉一些零零碎碎的钱。

立夏刚过去几天，天气还没有热起来，这种宜人的气候在武汉并不多见。邱明其实也提前到了，但他没有告诉白婧，自己一个人在万达广场旁边的步行街上瞎晃，这里一片悠闲的景象瞬间就可以让他紧绷的神经放松下来。

　　邱明还在慢悠悠地走着，忽然看见一个身影窜到自己眼前。

　　"挺悠闲啊。"白婧歪着头打量着邱明。

　　扎着马尾的白婧看上去清爽文艺，没有化妆，但整张脸显得很干净，她的睫毛很长，根本不需要化妆品专门去修饰眼睛，可能内心平和的女孩子，才会拥有这样一张几乎没有瑕疵的脸，这多少都和她的内在形成了和谐的统一。

　　邱明的头发明显是修剪过的，可能不是什么有名的发型店的师傅做出来的，但却刚好映衬了他的气质，那种刚毅中有着些许的神秘感，那不是书生气，确实是神秘感，似乎他很轻易就能洞察别人的心理，事实上，他确实系统地学习过心理学，很会为别人排忧解难，只是他自己的问题，自己却解决不了。这是他的秘密，在没有遇到白婧以前是他一个人的秘密，后来白婧渐渐察觉，但她始终没有点破。

　　"我们是来这里偶遇的吗？"邱明微笑着问她。

　　"难道不是吗？"

　　"为什么每次见到你，都会感觉这是我们第一次见面？"

　　"怎么讲？"

　　"或许是因为我想认识你很多次，在我变得更好以前？"

　　"你看这地上是什么？"

　　"灰？"

　　"不，是我的鸡皮疙瘩。"

22

　　水利小区 3 栋 2 单元顶楼的阁楼里，麻将叩击桌面的声音乒乒乓乓地回荡在狭小的空间里。瞿志国和妻子两人没有别的业余爱好，就喜欢搓搓麻将。这个小区里住的大多数都是水利局职工，虽然是在闹市区，这里却显得有些格格不入。

那发黄的楼房墙面已经很久没有翻新过了，上一次还是有某个外国领导人来武汉，小区才接到上级的命令要翻新墙面，那都是七八年前的事情了。小区物业费比周围其他小区也低很多，不过楼梯间里贴满了各种小广告，有一些撕了贴，贴了撕，后来索性用笔写上去，业主无可奈何，只能睁一只眼闭一只眼。后来这个小区前面又盖了几栋高楼，把这里挡得严严实实，也就没有人再注意到这里。小区里的一些老职工已经住惯了这里，还有一些有了更好的房子就搬走了，于是就多了一些租户进来。

瞿志国早年一心想把儿子瞿峰安排进水利局，在他的观念里，能进一个有保障的单位就是拿到了铁饭碗。瞿峰小时候就比同龄孩子听话，这种听话还不是没有主见的那种听话，而是非常有大人的样子。他很小便能明辨是非，对父母和老师也都很尊敬，在同学中也有一定的威望。有些同学有思想疙瘩的时候，别人怎么劝都不好使，瞿峰只要出马就能起到立竿见影的效果。

后来瞿峰大学本科毕业以后，瞿志国一心想着要让瞿峰继续深造，就算砸锅卖铁也要把儿子供出来，要让他出人头地，读研究生、读博士或者出国，他把自己一辈子憋屈在一个小单位里没有实现的宏伟抱负都想要通过儿子的发愤实现，可后来发生的一切让瞿志国的雄心壮志再次被浇了冷水。

瞿峰本科的时候不知道怎么就结交了一个外企的老板，可能是他通过一些学校组织的实践活动结识的，也可能是他自己偷偷勤工俭学结识的，总之，这个老板十分看好瞿峰，所以大四快毕业的时候，别人都在愁着找工作的时候，瞿峰就已经开始自己的职业生涯了。

老板先是让他按照其他员工的入职和晋升流程进行了系统的

培训，当然，这个培训主要是为了企业在刚入职的人员中物色得力干将，瞿峰一边忙着毕业论文，一边完成了培训，之后毕业证到手以后就和企业签订了一个长期的合同，当时瞿峰初出茅庐，他也听人力资源师说这样的合同，公司一般都是和做出了一定成绩的员工签订，不过他还是有些犹豫，难道自己一辈子就要在这家公司了吗？老板对他确实赏识有加，可自己的人生难道就要活在这样一种过高的期望里了吗？

所以他十分不理智地提出了一个自己的要求，如果有一天，他想要退出，那么请公司允许他能够全身而退，人力资源师当天没有和他签订合同，而是让瞿峰回去等消息，过了不久，等他再次来到公司的时候，合同上已经加上了这一条。

没有进水利局，进了一家外企，还成了业务骨干，原本已经决定对儿子彻底放弃的瞿志国这一次重新燃起了斗志，他又开始耀武扬威地出现在各种场合，在酒桌上都感觉自己更加理直气壮起来。

瞿峰的工资水平看起来和一般的打工族差不多，可一到年底分红的时候，会发现他们公司在对待有贡献的员工上，真是毫不吝啬。瞿峰很快就有了不少积蓄，刚好遇上母亲生了一场病，瞿峰一下子就出了所有的医疗费，后来母亲出院报销以后，要把钱还给他，瞿峰也没要，说是孝敬父母的。这件事情被瞿志国拿到很多场合当成儿子的光荣事迹来宣传，儿子这么光荣，当然离不开老子。他对几个关系好的牌友说，你看看，这就叫塞翁失马焉知非福。那几个牌友哈哈笑着，也不知道是眼红还是真的替他感到高兴。

后来当瞿峰从外企离职的时候，瞿志国再次惊呆了。在儿子一次次的选择上面，瞿志国发现自己最后都会出现那个反应：惊呆了。

而这一次，他会怎么样呢？

这天晚上麻将打得那叫一个不顺，他不是放炮就总是不上牌，可把他愁坏了，那几个本来经常听他炫耀儿子的同事，再次把他之前的那句话拿出来安慰他：老瞿，塞翁失马焉知非福啊。

瞿志国听了不好反驳，觉得好没趣。

瞿峰回到家的时候听到阁楼上的声音就没上去，他想着自己这时候去，那些不怀好意的叔叔阿姨又会打趣他的父母，这样父母也会不舒服，自己也会尴尬。

他轻手轻脚地来到自己的房间，好在这个房间和阁楼不在一个方位，而且有一个独立的卫生间，他就把带回来的衣服洗干净了，然后拿到阳台上去晾了起来。

中队是有洗衣机的，可周末的时候用的人很多，要排队，而他也不愿意和别人一起用，再加上他今天交班之前出了一个警，没来得及洗衣服就只好带回家洗。

瞿峰在离家不远的地方还有一个小公寓，那是外企老总让他买的，当时算是员工福利，房价打了折，便宜不少钱，一年的时间这里的房价已经翻了一番，不过瞿峰自从去了消防上班以后，她的母亲就软磨硬泡非给他出租了出去，房租说是攒着将来结婚用，瞿峰不愿意但又觉得没必要忤逆父母，尤其是那段时间他因为擅自辞职的事情把爸妈搞得很不痛快，最后就依了他们。据说那小公寓面积不大，租金倒不低。

瞿峰简单洗了下就躺在床上看书了。他带了一些书去中队，可那里的环境所致，很难静下心来看进去一两行，不是有人打扰就是要出警，后来索性就趁回家的时间看，手机上的阅读软件，他也付费开通了会员，当身边的人都在玩手机时，他却在悄悄学习。

不过他不准备熬夜，第二天他还要去见几个好兄弟，有段时间没见面了，应该好好聚聚。

23

刚入夏时经常下雨。下雨总是伴随着雾气，雾气弥漫在高楼间，不算远的树林里。天空看不见云彩，但感觉那些飘散的雾就是另一种云。

宁辉时常站在操场上，雨不大的时候会看见他一个人穿过中队不大的院子，像是有什么东西丢在了草丛中，他的表情模糊不清，也不会很久停留在某个地方，他虽然没有抬头，但他好像能感觉某层楼上的某个角落里正有一双眼睛盯着自己，他不排斥别人观察自己，就像自己并没有什么见不得人的心思一样。只是他也有自知之明，他能从别人的一些话语和神色中察觉到自己在这个集体好像有些另类。没有人喜欢跟他说话，他安排的任务，没有人愿意执行。他早就发现了，只是他觉得这样不能影响他继续保持自己原本的样貌。我们没有办法改变别人，改变自己也不是一件容易的事情，既然如此，那就要学会忍耐。他似乎在用自己的一言一行践行着这种认识。大家也就习惯了他这样存在于身边，并且逐渐了解他，和他保持一种融洽的不算尴尬的关系。

事实上，宁辉的心境已经变了很多次，因为战士们和专职队员们的一些行为，让他一再对身边的环境产生怀疑，之后又渐渐麻木。不过他很快就发现了，自己不可能接受所有人。就如同面对一桌子食物，总有自己喜欢和讨厌的。站在别人的角度来看，自己同样会让别人喜欢或者讨厌，也有可能只是无感。但要说他喜欢什么样的人，那似乎并不重要，不过他很清楚自己不喜欢的那些人，比如那些喜欢哗众取宠的人，或者那些太圆滑的人，还有那些喜欢自己欺骗自己的人。

讨厌归讨厌，倒也不影响他继续按照自己的想法去完成许多事情。他也不会把自己的喜怒哀乐很轻易表现出来，他似乎戴上了一张面具，一张会变的魔法面具，而他渐渐把那面具当成了自己的脸。

他发现自己正在台式电脑前打一篇日记。这篇日记不注明日期和星期几，也没有写是什么天气。

"这本书让我对自己所有的一切产生了怀疑。这所有的一切包括我看待生活的态度，我对周围人的看法，我对自己将来的打算，以及我最终会达到的那种所谓的终点。查尔斯的一生很难用意义、价值这种冠冕堂皇的词语来形容。而我是不是太注重意义、价值这类看似有用，实则虚无缥缈的东西？"

这是一篇读后感，他手边放着《月亮与六便士》。他一行行敲下去，没有太多停顿，似乎那些想法早就在他阅读这本书的时候堆积在他的脑海中。可他没有继续让自己沉浸在这种情感宣泄中，他知道这样的一篇读后感写出来是没有人会喜欢的，也是不符合上级要求的。这不过是政治处布置的一个任务，而中队所有人都交了一篇读后感之后，他粗略看了看，没有一篇可以交上去，他无可奈何只有亲自操刀。理工科的他似乎并不擅长这种事情。他想要删掉那电脑上的几行文字，可又觉得有些可惜，哪怕不是写给任何人看，那确实是他在读这本书时的一些想法，他想不如就当作在写一篇日记吧，否则再过一段时间，头脑中关于那本书的一些感触也会淡去，就像没有阅读过一样。

宁辉来到办公室外面的阳台上，伸了个懒腰。战士们已经睡下了，半个小时以前，他和邱明查过铺以后自己一个人来到办公室待一会儿，谁知道一眨眼的工夫，夜又深了几许。晚风从远方吹过来，还有些沁人心脾的冷。他无意识地用双手抱住自己的胳膊，用力搓了搓，稍微感觉到一丝温暖。是应该睡觉了，再不睡就要失眠了，夜里不知道会不会被什么警情吵醒。

他走进休息室，邱明已经睡下了。邱明在睡觉前会做一些简单的运动，据说有助眠效果，邱明确实睡得很香，也不会打鼾，宁辉偶尔睡得很沉的时候会打鼾，不过也只是轻微的鼾声，不影响别人休息，这是邱明告诉他的。

宁辉觉得邱明有些难以捉摸，因为邱明太清澈了，那种清澈让人怀疑。尤其是他的清澈是一种表象，宁辉能察觉到那波澜不惊的表面下暗藏着很多无法言说的东西。相比较之下，自己这种浑浊的人倒更能让自己信服。当然，这只是他偶尔想到的。他其实愿意接近邱明，邱明也一直表现得很友善。可宁辉知道，邱明的好亲近其实代表着他一定有什么底线。宁辉发现和邱明在一起待久了，确实会让自己放松警惕，认为这个世界会变好，但当他走出两个人的休息室，面对外面的那些士兵和专职队员时，他建立起来的世界瞬间就破碎了。或许是因为这种原因，他决定和邱明保持距离。但又不能表现出来。有的人会让你受伤，可这种人不一定会让你放松对其他人的警惕，从这种意义上来讲，或许这种人才是应该接触的人；而有的人会呈现不会让你受伤的假象，会让你逐渐想要变得和他们一样，但离开这种人，始终会遇到和这种人恰恰相反的人，于是又重蹈覆辙。

到底哪一种好，哪一种不好？这很难定义。宁辉觉得为什么要刻意去改变自己呢？怎么简单就怎么过不是更好吗？

宁辉躺在床上，做了几个深呼吸。他又想起邱明在自己失眠时传授的经验：呼气时，默数五秒，吸气时，默数三秒，不断重复这个动作，用腹式呼吸法彻底放松身体，要学会控制自己的意识，不要被意识左右。

宁辉想把脑海中邱明说过的话都抹掉，可这并没有那么容易。

在一次次挣扎和一次次妥协中，他又沉沉地睡了过去。

24

雾气笼罩着金沙三路。这条市政规划中的主干道，还没有投入使用，道路两端堵着石墩子，车开不进来。而金沙三路就在中队后面，穿过中队旁边的一片空地可以进到这条新路上面。一开始还建房小区这边有些住户喜欢绕过中队把家里闲置的车辆停在金沙三路上。后来中队不知道谁收养了一条流浪狗，本来蔫头耷脑，看起来像是将不久于人世，后来被中队养得膘肥体壮，这条狗很机灵，中队的人，包括做饭的阿姨和偶尔过来修剪园林的工人进到院子里，它从来不叫。但有些外人过来的时候，比如一些理直气壮或者鬼鬼祟祟想要参观一下中队的人一接近中队，它就开始狂叫不止，还要冲出去把人赶走。所以自从来了这条狗以后，就少了很多车停在金沙三路上面。继续停在那里的都是不怕狗的。不知道什么时候开始，金沙三路上也有交警贴罚单了。那些车主不满意，凭什么没有投入使用的道路不能停车？你们警察不知道现在停车位有多紧张吗？交警态度和蔼，这是上级的命令，这条路很快就要投入使用，之前也给每个小区的物业沟通过，要尽快通知业主把车子开走。这件事情就这样不了了之，领了罚单的车主只能缴罚款。金沙三路也就宽敞了许多，中队干部和交警沟通，在还没有投入使用之前，能不能到这条路面上搞训练，军警一家亲，交警同意了，"你们搞车操的时候顺便帮忙冲下路面，多好。""原来你们也知道我们有车操？""那当然，哪里不是消防队？打交道多了去了。"

刘帅站在队列前面，又一次强调了动作要领，不过他一般不会单刀直入，他的讲话都是先用一两个玩笑开场。

"我说你们今天一个个都倍儿精神，昨天晚上没出警估计都睡了好觉，今天就好好练。练好了中午加餐。"

下面立刻有人反驳："谁跟你说要加餐？没看见厨师买菜，又在忽悠我们。"

"我说你这人怎么这么较劲，中队长助理讲话你就听着就行，不要来打岔。关键是你怎么一点幽默细胞也没有？"

反驳的人立刻闭嘴，觉得老刘说话好笑，虽然是批评自己，但也不刺耳，也就不跟他计较。

其他人也没有反驳，静静地听着老刘的安排，之后就五人一组开始训练。

老刘很敬业，每个人的动作他都看在眼里，有问题赶紧上前去纠正。

就是有些资历老的人喜欢跟他开玩笑，老刘也不放在心上，就哈哈笑着，反正他这人也不会记那么多事儿。

不远处杜军和邱明也留意着训练情况。一轮开展完以后，杜军让大家继续练会儿就休息一下。

他们二人一人拿了一盘水带，一边整理水带，一边说起话来。

杜军很少这样跟邱明和宁辉聊天。但他不排斥邱明和宁辉之间在闲暇时间交谈，他总是一副热火朝天干工作的样子，对每个人的困难很热心，发现别人有问题就及时点出来，然后想办法解决。但他自己却好像总是云淡风轻的样子，所以没有人知道他自己到底怎么样、到底会不会有思想波动，他像一个恒温设备一样，一直在高速而有条不紊地运转着。

"怎么样？来这里待得还习惯吗？"杜军一边盘着水带，一边问邱明。这样在训练的那些战士看来，两人就不是无所事事，似乎也在搞训练一样。

"好多了，一开始那两天是有些不习惯。到新环境都会这样吧，不过刚来的时候还真是感觉责任重大、使命光荣，生怕自己搞不好。"

"你这话说得，有水平，神不知鬼不觉就表明了自己的态度，佩服，不愧是政治处培养出来的干部。"

邱明知道杜军说自己是政治处培养出来的干部，意指自己和白婧之间的关系，这很多人都知道，但听杜军这么给自己起外号，还觉得挺有趣。

"中队长，你这可是不对了，不能随便给下属扣帽子。"邱明弄好了一盘水带，送到消防车上，一边跑回来。

"我总感觉有些东西还是没理顺。"杜军没有继续说笑，而是切入正题。

杜军还没有发挥，邱明似乎已经领会了杜军的意图。

"我大概猜到了你的意思，不知道我猜得对不对。"

杜军示意他继续说下去。

"倒不是说那种东西是什么很重要的东西，可集体生活确实需要一些大家约定俗成的东西，这种东西应该包括规矩、规则、秩序和氛围。这种看不见摸不着的东西，可以把所有人凝聚在一起，如果处理不好，也会让所有人变成一盘散沙。"

杜军听完哈哈大笑："果然是搞政治工作的，我虽然想到了，但就是说不出来。"

邱明听杜军这样说，倒不好继续说下去了，继续说下去会显得自己在卖弄。

杜军看邱明不说，继续补充道："那就要想一些法子，让大家时不时感觉到新鲜。那种新鲜感其实是一种紧张，而紧张不是一件坏事，思想一旦松懈，集体就没了斗志，没有了斗志，也就没有了战斗力，一个矛盾频发的集体，一定会出很多幺蛾子，更别说完成好那么多的工作任务，而那些工作任务有时候又人命关天，需要对身边的战友绝对信任才能完成。"

邱明心说，刚还说自己说不出来，这就来一篇长篇大论。不过邱明没有说出来，他很赞成地点了点头。"我觉得最近不如就在学习时多征求一下大家的意见和好的想法，这样既可以摸清所有人的思想，又能够提高大家训练的积极性，你看行不行？"

"这当然是个好方法，现在很多人都盯着咱们呢，要是弄不好，到时候真是愧对组织培养啊。"

"中队长，你怎么今天跟平时判若两人？"

"我平时什么样？"

"表面挺热情，其实拒人于千里之外。"

"那今天呢？"

"今天像个满腹心事的人。"他想说满腹心事的小媳妇儿，但觉得不合适。

"所以要找指导员来开导开导我啊。"

邱明摇摇头，没接话，跑到战士那边看训练去了。

第五章 信念

25

宁辉在中队干部办公室里写汇报材料，听到门外刘帅说："今天这电铃响得真是烦人，把人心里搞得七上八下的。"这会儿，杜军和邱明都出警去了，这一天警还真是多，杜军刚走十分钟左右，又接到报警电话，邱明也带队出去了，本来第二个警是民房火灾，离得不远，宁辉要去，但邱明让他赶紧把材料整好，别耽误了上报时间。

宁辉觉得刘帅挺逗，想喊他进办公室聊聊，可刘帅直奔一班的寝室去了。过了一会儿，宁辉在办公室听到刘帅在教训人，他以为出了什么事情就赶紧跑到一班去看。

只见刘帅正在批评一个上等兵："你说说谁忽悠你了？谁不是实打实对你好，谁忽悠你了？"

那上等兵正准备反驳，见宁辉进来，立马像是找到了救星一样，脚后跟"叭"的一声呈立正姿势，报告道："首长好！"

宁辉问怎么回事，刘帅说："这小子不老实，竟然说我们这个光荣的集体不团结。"

"报告队长，我没有！"上等兵反驳道。

宁辉让这位上等兵回到营房后，对刘帅说："年轻人，该严肃的时候严肃，私底下调皮点好，只要不出乱子就行。他平时表现还可以，我观察过的。"

"表现是还可以，可能最近警有点多，压力太大，总想发泄发泄。"刘帅附和着。

"你也觉得压力大？"

"那可不？我也是人呐，我比您大好多岁呢，老胳膊老腿，最近总感觉不得劲儿。"

两人正说着，电铃又响了。中队长和指导员还没有回来，只有他们出马了。

你们先去，我处理完这边的警马上过去。电话里，杜军这样对宁辉说。

这栋楼高 131 米，是辖区最高的居民楼，宁辉又在脑子里回顾了这栋建筑的基本情况。起火建筑一共 35 层，起火楼层位于32 层，据报警人称自己正在家里烤蛋糕，忽然闻到煳味，之后就发现起火了。宁辉和刘帅合计着，估计是使用了大功率电器后线路故障引发的火灾，现在火势不大，但由于是高层建筑，风大，火势发展得很迅速，报警人在电话里十分焦急，已经有些欲哭无泪的感觉。这栋建筑距离中队 4.4 千米，沿途共有 7 个红绿灯，三台车应该在五分钟左右到达现场。路上，宁辉已经查到了物业的电话，赶紧疏散群众，小区的微型消防站和保安可以到场先期处置，尽快断电以后，让楼上的居民沿疏散楼梯下楼。

中队出动了唯一一台高喷消防车，这台车最大举升高度为32 米，保护范围只有 50 米，也就是说这台车即使到了现场也无法扑救 100 米以上的火灾。高层建筑火灾一直以来都是世界性难题，每个国家都存在这个问题。

中队到场以后，迅速拉起了警戒线，在物业的配合下疏散小区住户。小区的微型消防站已经疏散了 70 余家住户，220 余名群众，楼下很多居民都聚集在一起议论着火灾，他们掏出手机把半空中的起火房屋拍了下来，有的正在打电话和亲人报平安，还有些看见消防队到场以后，就拼命想挤进警戒线催他们再快点，不要把这栋楼烧坏了。

官兵们佩戴空气呼吸器挤进了消防电梯，这会儿整栋楼一片漆黑，物业已经断电，只有消防电梯可以使用。在车上时，宁辉和刘帅已经给他们分了工，到火场的这些人，除了警戒的两人以外，其他兵分四路，三路人员分别从 9、17、35 层下电梯，挨家挨户敲门疏散群众，还有一路由宁辉和刘帅带队直接在 32 层下楼利用室内消火栓灭火。

大家按照分工，各司其职，很快就把其他住户疏散了出去。而宁辉和刘帅到达 32 层时，火势已经开始沿着厨房的窗户往上窜，高层风大，氧气充足，火势很容易蔓延，火舌贪婪地舔着隔壁的阳台外墙，浓烟涌出，发出毕毕剥剥的声响，像是在轻蔑地笑着挑衅消防员们一样。刘帅身材魁梧，但动作十分灵活，他扭开室内消火栓，拉出一支水枪对准火焰就扫射过去，浓烟伴随着吱吱啦啦的声响把原本已经逼仄的空间再次搅得沸腾起来，宁辉也带着两个消防员从 31 楼接了一支水枪到了着火民房的隔壁，他对着想要窜过来的火苗把水柱扫了过去，很快现场已经没有了明火，只剩下滚滚的黑色烟雾，而就在宁辉露出了满意的笑容时，一个人影不知道从哪里蹿了出来，一边试图夺走宁辉手里的水枪，一边还在喊着："别把我家的地板搞坏了。"宁辉没料到还有居民在这个房间里，惊慌之中，他的手套被那人扯了下来，而一个被熔断的铁栏杆朝那个居民刺了过来，宁辉情急之下把手伸了过去，一股钻心的疼痛袭上心头，他摸到了一个尖锐的物体，而在火焰的灼烧下，它已经变成了滚烫的兵器，宁辉受伤了。

26

这起火灾扑救总共用了 16 分钟,这对于高层建筑火灾扑救来说已经算是一次成功的经验,可是美中不足的是,宁辉受伤了。而宁辉受伤不打紧,他自己也觉得为了救人而受伤是一件光荣的事情,可是他走出消防电梯的时候,不知道谁用一个可以站在警戒线外拍清楚他们的先进装备拍下了他的伤口和他熏黑的脸颊,连同一个短视频,一起被放到了当地论坛上面。

那个帖子的标题十分醒目:消防队到场救火,消防车形同虚设,消防员受伤!网民在帖子后面纷纷评论,都是一些负面的评论,他们没有看到这次火灾一共疏散了居民 100 余户,共计 400 余人,而且没有人员伤亡,火势控制十分迅速,没有造成更大的损失,而是紧紧抓着可以抨击的地方对消防队进行质疑。

这件事情很快就引起了媒体的关注和强烈反响,一时间这个已经有些奄奄一息的论坛再次活跃了起来,点击率暴涨。

宁辉虽然光荣地受了伤,却被其他中队一些居心叵测的战友嘲笑。倒是金沙中队的所有人一直都站在他这边,认为他没有做错。

支队领导也派了工作组来到金沙中队调查事情的前因后果,当领导知道事情的原委之后,立刻组织了正面发声,也有人建议联系论坛删帖,可盲目删帖只会导致更大的猜疑,并不利于舆情的疏导。支队联系了那名忽然出现的业主,把情况向他进行了说明,业主知道是自己的原因导致了宁辉受伤,也使得事情引起了不好的舆论,愿意配合支队进行正面发声,他之后上了本地的电视台,把当时的情况进行了说明。原来那套房子是他才装修好,准备给儿子做婚房用的。装修花了不少钱,有很多钱还是借来的,所以当天他知道隔壁起火以后,在物业的组织下,打开了房门，之后一直偷偷藏在楼道的疏散门之后，当看到宁辉在自己家里灭火时，他心疼刚铺好的橡木地板，于是想夺走水枪，不料却出现了意外。

舆论一天天趋于平静。但这件事情却像刺一样扎进了一些人的心里。宁辉的伤口也在渐渐愈合，他倒是没有把这件事情想得太复杂。有一天他像往常一样从干部办公室下楼到操场上散心，听到有人在一楼的车库里窃窃私语。

宁辉没有进车库，他感觉手上正在痊愈的伤口再次火辣辣地疼了起来。

他也没有去中队院子里，而是来到了训练塔下面的沙坑里，拼命踹着一个沙堆。沙子溅了出来，散落在水泥地面上，他的皮鞋里也进了很多沙，他想不明白，为什么自己做了好事还要遭遇这种不好的待遇。

他一边对着沙坑发泄，一边嘴里念念有词。电话铃声打断了他的思路，掏出手机一看是他的母亲，他稍微平复了情绪来到屋檐下，对着电话说："我已经把钱转到你的卡上了。"

但母亲没有接他的话，他以为信号不好，喂了几声，那边还是没说话。

他准备挂电话了，却听到那边传来一声叹息："还指望你能让我们过上好日子，你说你现在混成了什么样子？"

"我怎么了？"宁辉有些震惊。

"你别以为我不知道，你现在名声都不好了，以后怎么混得起来？"

"我名声不好了？"他有些惊讶，他只是知道自己这次被人误解，没想到会变成自己的名声不好了。

"没出息的东西。你好好反省反省。"母亲就这样挂了电话。

他原本想说说自己的伤口，顺便问一下应该用些什么药膏，却不想自己被这样无缘无故数落一顿。怒火中烧的他继续来到沙坑里，对着那没有情绪的沙子发泄自己的情绪。

不知道什么时候天已经开始下起雨来，雨滴落在他的身上、头发上，他的皮鞋已经裹了一层沙子，被雨淋湿后沙子粘在皮鞋上，有一些已经趁机钻进了鞋子里面，他紧握的拳头已经开始渗血。

但是他浑然不知。

"都怪你们，都怪你们……"他这样说着，也不知道他在怪谁。

"辉子，你怎么啦？"邱明不知道什么时候已经来到沙坑边上，他拉住宁辉的胳膊，想把宁辉从沙坑里拉出来。

可宁辉故意和他对抗着不愿意出去，最后宁辉一用力，把邱明推倒在地上。

他看着邱明摔得不轻，才渐渐恢复过来："对不起，我错了。"

他把邱明拉起来，邱明把他拉到训练塔里，外面的雨越下越大，这会儿要是被别人看到他们这样，又要费尽口舌解释，等下战士们去学习室以后，他们再出去会比较好。

"最近是不是很多人说了些不好听的话？"

宁辉点点头："我不知道自己哪里做错了，那明明不是我的错啊！"他的脸已经因为愤怒变得通红。

邱明拍拍他的肩膀，然后把受伤的那只手拿到跟前，用纸巾把伤口边上的血迹擦干。

"既然知道自己没有错，那就不要用别人的错误来惩罚自己。"

宁辉原本已经被邱明这句话说服了，可是想到这种事情轮到自己头上而不是邱明头上，他一下子又有些不满："说得比唱的好听，如果你经历这样的事情，你会怎么想？你不过是站着说话不腰疼罢了。"

邱明知道他情绪不好，也没有反驳，而是继续开导他："如果发生在我身上，我会继续按照自己觉得对的方式来做。"

宁辉抬起头，很怀疑地看了他一眼。他想继续说些什么，可是他没有开口，他扭身走进了雨里。

27

宁家栋在二十世纪八十年代初期的那几年一直在一家效益还不错的水泥厂上班，能进当地的水泥厂，而且混到正式编制，在那个年代就算有了铁饭碗，他二十出头就结了婚，妻子叶晓芬是水泥厂厂长的女儿。宁家栋是怎么追到这个千金大小姐的，市面上有很多个版本的传言，其中最流行的那个版本是：有一天晚上，叶晓芬在回家的路上遇到一帮色狼，想要非礼她。叶晓芬的飞鸽牌自行车被歹徒抢了过去，扔在了路边，叶晓芬还有些心疼："车子都被摔坏了！"有个歹徒哈哈大笑："你应该担心担心你自己，别担心你的破自行车。"这句话一下子让叶晓芬清醒过来，这个声音怎么那么熟悉，好像在哪里听到过，是不是厂里的工人呢？她一时还想不起来，因为自己一直飞扬跋扈，仗着自己的父亲是厂长，在厂里作威作福，估计得罪过不少人。她被逼到墙角，情急之下捡起地上的石头、碎玻璃包括一些塑料袋朝那几个色狼扔过去，那些是唯一可以用来抵抗的武器，只是没有起到什么作用，反而进一步挑逗了他们。她也试着撕破喉咙喊救命，可那个地方是水泥厂通往市区的一条小路，平时这个时间很少有人经过。而且那天叶晓芬上班在打瞌睡，等醒了过来发现身边的人都下班了，没有人敢叫醒她，她那段时间身体不太舒服，脾气也不好，时不时就冲着身边的人大呼小叫，在厂里，没有人敢得罪她。结果等她准备回家的时候，就遇到这种情况。就在叶晓芬万念俱灰的时候，一个人影从黑暗的角落里嗖的一下蹿了出来，这个人身材高大，一副孔武有力样子，他把拳头握在胸前轻轻捏了捏，手指关节发出咔咔的声响，然后又分别向左右两边扭动自己的脖子，又是嚓嚓两声。光是这个出场，已经把那几个想要欺负一个弱女子的流氓震住了，他们你看看我，我看看你，好像用眼神在进行交流，都在催着对方先上，但是很显然没有人敢先冲上去。然后，就在歹徒还在犹豫的时候，那个路见不平拔刀相助的英雄好汉，一个马步，接着就是一个右横踢，面前的一个歹徒还没有反应过来，已经被踢倒在路边，一边哎呀哎呀地叫了起来。估计扭到了骨头，伤得不轻，剩下的人已经有些乱了阵脚，其中一个嘴上喊着："小心我们收拾你！"一边在往后退，还有一个没吭声，但也不敢继续上前，紧接着就听到了水泥厂的那条狼狗已经警觉地站在大门口冲这边叫了起来，那条狼狗平时都是有铁链子拴着，一般人都不敢接近。叶晓芬倒是一点都不怕狼狗，她总是拿骨头去喂它，狼狗越长越壮，目露凶光，要是有人敢和叶晓芬对着干，叶晓芬就会威胁他："小心我让黑虎来收拾你！"此刻，黑虎显然已经察觉到自己的主人有危险，保安也打着手电筒朝这边照了过来。叶晓芬叫了起来："黑虎，黑虎，快来救我！"铁链子的声音已经传了过来，几个歹徒似乎知道这狼狗的厉害，一眨眼的工夫，那个躺在地上的人已经爬了起来，几个人拔腿就跑，速度如离弦之箭。叶晓芬正要感谢那个来救自己的人，却不想冲过来的黑虎一下子蹿到了那人身上，叶晓芬来不及制止，黑虎已经把那人的胳膊咬出了血。这就是这个版本的大概样子，但是工人们在讨论这件事情的时候，一般还会进一步添油加醋，把当时的情况渲染得更加离奇。总之这件事情确实是真的，而宁家栋那天也确实是因加班才晚回家，并不是想要充当英雄救美的好汉，也不知道那个被劫住的女人就是平日里大家都恨得咬牙切齿的叶晓芬。如果知道是叶晓芬，搞不好他不会多管闲事，他一向以来都有些疾恶如仇，对于那种喜欢作威作福的女人，肯定也是有些不满。结果宁家栋被狗咬伤以后，叶晓芬像是变了一个人一样，嘘寒问暖，照顾得无微不至。宁家栋慢慢了解到这个女人其实本性并不坏，只是被父母宠坏了，他于是又萌发了要带她走入正途的想法，结果两人越走越近，叶晓芬也确实变得随和许多，很多人都感谢宁家栋，多亏了他，不然这个叶晓芬总是在厂里为难别人。后来发生了很出人意料的事情是，宁家栋原本已经转正，按理说在厂长的培养下一步步走上管理岗位是轻而易举的，可偏偏宁家栋没有这样，他和叶晓芬结婚两年以后就跑到广州去了，等他再回来的时候，已经腰缠万贯，开起了小汽车，在那年头风光无限。

宁辉从不曾怀疑过自己的父母，即使他的父母总是在他意想不到的时刻做出伤害他的事情。最伤人的永远是离我们最近的人，因为在他们面前我们不曾想过保护自己，也往往被伤得最深。

宁辉小时候也有过一段幸福的时光，那时候父母做生意赚了不少钱，他总是能比别人尝到更美味的零食、穿更时新的衣服、用更好的书包和文具盒，父母也对他百依百顺、关爱有加。可后来父亲沉迷赌博败光了所有家产，虽然在母亲和外公的帮助下不再欠债，后来也没有再赌过，他们家却一直没有再风光过。之后外公因为得罪了县里的某个领导从厂长的位置上被拉了下来，宁家栋和叶晓芬也纷纷下岗，从此他们就再也没有翻过身。

宁家栋后来和叶晓芬经常吵架，隔三岔五还要打架，家里很多值钱的东西都被摔得稀巴烂。宁辉就是在父母的互相指责中长大的，他甚至成了父亲和母亲的出气筒。

按理说他应该恨自己的父母才对，可他从没有恨过他们，相反，当初母亲让自己放弃已经考上的研究生进消防部队的时候，他也没有太多犹豫，按照母亲的说法，进了消防队，就有了铁饭碗，就不用再像父母一样被人瞧不起。

28

一连几天，中队总是弥漫着一种沉闷的气息。所有人都像往常一样出操、训练、出警、学习，可总感觉有什么东西不一样了。

有些爱开玩笑的不那么喜欢开玩笑了，不再沉迷于用唇枪舌剑刺激别人以获得快感，他们好像有了一些顾虑，到底是什么，没有人能够说清楚。

那些原本就沉默寡言的人好像更加沉默了，他们也能感受到身边的人有些消沉，也就不愿意让气氛更加尴尬，都开始躲躲闪闪，避免给别人添堵。

没有人再随意提起之前的事情，虽然那件事情原本就不是什么见不得人的事情，可现在发生了很反常的情况就是，明明没有什么，却诱发了很多不好的东西出来。

邱明发现，来这个中队以后辛辛苦苦营造起来的一些积极氛围被破坏了。邱明没说，或者是没有想到合适的时机来说，因为这种东西，有可能只是自己的感觉。

可这一天集合的时候，杜军站在队伍前面扫了一眼下面的人，所有人瞬间都感觉到一股寒意袭来。杜军很少用这种架势面对中队的战士，所以大家还是有些提心吊胆。

"这两天我仔细观察了一下，发现有些情况不对劲。感觉大家一个个都蔫头耷脑的，像是有心事一样。刘班长，你说说，是怎么回事？"

刘帅没想到中队长会点名让自己说话，但好像也有了一些相似的感触，毕竟他军龄最长，对很多事情都一清二楚："还是因为之前那件事情引起的，按理说其实也不是什么大事，别的中队肯定是有些眼红咱们是个新建的中队，故意说一些难听的话，我觉得过段时间就好了。"

"你觉得过段时间需要多久？"

"大概个把月……"刘帅说这个时间时特别没有底气。

果然，刘帅知道自己又中计了，杜军很快就找到了突破口来反驳他的话："现在咱们中队一天大概出警三四次，就按三次来算，一个月三十天，也就是说有九十次出警你们都是这种状态，你们对得起身上的军装吗？对得起天天为你们提心吊胆的家人吗？甚至说近了，你们对得起给你们做饭的张阿姨吗？还有对得起每天陪着你们的这条狗吗？"他说着指了指蹲在旁边的大黄。大黄嗖的一下站了起来，像是听懂了他的话一样，看杜军没有继续看它，又继续趴在地上，摇着尾巴。

队伍里本来已经被杜军的训话说得有些无地自容了，但这会儿，有人还是笑了起来。杜军让他站到队伍前面，让他继续笑。队伍继续恢复了肃穆的气氛。

解散以后，杜军在中队院子里检查卫生区，邱明走到身边，意味深长地笑了笑。

"有话直说，别笑得这么诡异。"

邱明被逗乐了："中队长，真没发现，你怼人挺在行。"

杜军说："我哪里怼人了？我是个大老粗，不会怼人，我只是表达我的想法，总比有的人藏着掖着好。"

邱明气得内出血："这就不对了，谁藏着掖着了？我还在琢磨着要找个机会跟您讨论讨论，没想到您比我还细心呐。"

"别给我戴高帽子，说话要实事求是。"

邱明知道这会儿，杜军还在气头上，也没有继续理论，关键是马上要组织政治学习了，他跟杜军又扯了几句，就去学习室组织学习了。

杜军的训话还是起到了一些作用，很多人都开始反省自己，不过在杜军看来还是收效甚微，杜军和邱明商量着，在组织政治学习的时候，要好好讨论讨论，开展批评和自我批评，要在最短的时间内把这种不好的风气扭转过来。

宁辉也出了一些点子，说是多组织一些活动，比如篮球比赛、唱歌比赛等，还设置奖项，准备一些小奖品，努力营造一种融洽的氛围。

杜军和邱明都很赞成宁辉的提议。他们也很高兴宁辉能够很快从一个消沉的状态里走出来，这是杜军没有想到的，他之前还跟邱明说要多开导宁辉，不要让他有思想包袱。因为并不是他的错，不要用别人的错误来惩罚自己。

但邱明也察觉到一个问题，宁辉不再愿意跟自己深入交流了。他不知道这是为什么，但他很明确地感觉到了，宁辉似乎是在和自己划清界限。

他一开始以为只是自己的错觉，但渐渐地，他越来越确定，宁辉就是在这样做，似乎没有理由，也决定义无反顾地继续这样做下去。

这次的事件确实对他有过冲击，宁辉也因为这种冲击受到过影响，只是很快就不再被影响了。这期间他到底经过了怎样的思想挣扎，邱明不得而知，只是发现经过了这一次的意外，邱明像是变了一个人一样，哪怕他表现出来的很正常，邱明一向对自己的判断十分自信，因为他一次次利用自己的判断确认了很多事情。

"宁队，我发现，你最近有些变了。"邱明看宁辉正在办公室整理一份资料，坐到他身边的办公桌上说道。

"指导员，我还是老样子啊？是不是我哪里表现得不好了？"

"你看看，以前你不会这样跟我说话的，现在你每一句话都表现得很客气，像是一本正经要拉开和我的距离一样。"

"这个真没有，会不会是您想多了？"

"宁辉，记得你曾经跟我说过一句话……"邱明感觉自己有些没有底气进行这次谈话了。

"什么话？"

"你说，不要总说是自己想多了，因为正是自己所有的想法让我们变成了独一无二的自己，只要没有危害到别人，就不要觉得自己不应该想得太多。"

"这是我说的吗？哈哈，我倒有点记不起来了。指导员，可能我有时候也会说一些莫名其妙的话，但不一定对，您水平比我高，应该可以分辨出来。"

"好吧。我只是想跟你说，我们在一个中队，如果你有什么想不开的一定要告诉我，因为我一直把你当成好兄弟啊。"

宁辉忽然沉默了，他冲邱明点了点头。

29

雨后的天空被白云一层层裹住，风从天边飘了过来，有些许凉意赶走了闷热的空气。微光从云层后面洒下来，静静地覆盖着天地万物。偶尔漾出绿意，那是连绵起伏的树林；绽出一些光亮，那是一些灯火。有很多早起的人已经忙碌地准备起早饭来，迎接生命里平凡而又充实的一天。

江边的空气湿润清新，江边的风穿梭在高楼间，回荡在树林里。

这是金沙区的清晨。

彭振宇一大早自己驾车穿过主干道，走上高架桥，直奔江边的金沙中队。

哨兵已经笔挺地站在门口静静守卫着中队，看见彭振宇开着自己的车停在门口以后，他很快就按动了门岗里的一个按钮，伸缩门打开后，他站在岗亭里对大队长敬了礼，彭振宇扫了他一眼，点点头。

中队已经在院子里开展体能训练了。活跃的身影时不时发出哟呵声，从外面还感受不到这里火热的气氛，进来以后感觉热情蔓延在小小的院子里。

彭振宇扭转方向盘，一盘子就停在了一个车位上，不歪不斜，刚刚好，车轮和地面的摩擦声利落干脆，紧接着，他打开车门，一只脚踏上了中队的水泥路面，砰的一声，车门被关上。

杜军已经朝他跑了过来，邱明紧随其后，宁辉也要来，不过邱明让他继续组织训练。有个士官看杜军和邱明都走了以后，悄悄跑到宁辉身边说："他们倒是会搞，拍马屁的时候不带你，干活让你自己一个人干。"

宁辉很快就察觉到这句话的意思，不过他只是警觉地看了看这个士官："这样做才是对的，不然我们三个都去，肯定挨批，说我们搞特殊，你好好训练去，别让大队长看见了。"

士官一时间还有些下不来台："领导，我这是善意的提醒。"

宁辉笑了笑："你应该把你的善意用在刻苦训练上，谢谢你的好意。"

士官怏怏地回到队伍里去了。

还没有给杜军和邱明见面寒暄的机会，彭振宇就发话了："进门那个地方的卫生注意下，每次来都看见落叶，还有废纸。"其实也不是每次，很久之前他发现过。

"好的。"那是中队旁边的居民不知道啥时候又扔下来的，可能风比较大，飘进了院子里，但杜军没有解释，这时候解释肯定会被大队长一顿收拾。做好了就是做好了，没做好就是没做好，领导只看结果，不问经过，也不问原因。

"训练前拉伸了没有？"彭振宇很少过问训练的事情，他对杜军很信任，现在忽然问起，让杜军有些意料不到，以前他每次来从不会这样。

"每次训练都会做充分的准备工作，一般都是十分钟左右的拉伸运动。请大队长放心。"杜军憨憨地笑了笑，想缓和一下尴尬的气氛。

"我倒是放心，就是太放心了，太相信你了，太信任你了，才会出上次那件事情。"大队长和颜悦色地说出这句话，像是完全没有介意的感觉，但这句话却像锋利的武器一样朝杜军扫过来。

"是我们工作的疏忽。"杜军羞愧地低下了头。

"是的，大队长说得对，以后我们不仅训练要注意安全，出警更是要注意安全。"邱明补充道，他知道大队长和杜军之间的关系不会因为一次事情发生根本改变，也知道大队长的严格要求并没有错。

不过大队长没有继续在这个问题上死缠烂打，而是很快就扭转了话题："最近中队的战士们表现怎么样？"

"实不相瞒，前段时间确实有些小情绪，最近有了一些改观，但还需要进一步做工作。"杜军的语气很诚恳，也没有隐瞒的意思。

彭振宇很欣赏杜军的地方，就在于他不是一个报喜不报忧的人，也不是一个油嘴滑舌的人。

"别把他们想得太简单了，有时候不是所有人都是那么简单，所以才需要你们注意工作方法。知道了吗？"彭振宇漫不经心地说完，又扫了杜军一眼。

杜军的目光和他对接的刹那，忽然明白大队长原来还是站在自己这一边的，他感觉备受鼓舞。他十分信服地点了点头。

但彭振宇还没有让这种融洽的氛围继续发展，就接着说道："你看看这一个个年轻的小伙子，你们俩自己看看。"

杜军和邱明抬起头朝训练的队伍里看了过去。

"这每一个人都是有爹有娘，跟你们一样，出警的时候要多想想，安全第一，要把人家安全地带出去，安全地带回来，听到没？"

"明白。"两人同时回答道。

"我看你们并没有明白，你们好好琢磨琢磨，琢磨透了再跟我汇报。"

两人有些尴尬，不知道对话怎么进行下去了。

"对了，今年的比武定下来了，我昨天去支队从司令部打听到的消息。"彭振宇说。

杜军忽然明白了，原来大队长真是无事不登门，前面的话都是铺垫，这才是他这次来这里的主要目的。

原本支队每年都有比武，可今年因为一项重要的安保活动，比武时间推迟了，之前杜军听其他中队的战友提起来过，后来安保活动结束以后，比武的事情也没有定下来，估计是重新确定了比武的时间。

但这个消息不是从司令部通知的，可见彭振宇是想让中队提前做好准备，不要在比武中失利，那中队就会继续没有脸面。

杜军还准备下个月休假，看来要推迟计划了，还好这个计划没有告诉王筱澜，否则到时候又会让王筱澜不高兴。王筱澜最近很是平静，没有打电话说一些冷冷的话，也没有发一些意有所指的微信，这让杜军甚至怀疑王筱澜是不是已经不计前嫌，或许时间真的可以冲淡一切，至少对于杜军是这样，他好像很容易忘记不开心的事情，也很容易把坏的事情往好的方面去想，最关键的是，他这样想，事情往往都会按照好的方向去发展，不过这是在遇到王筱澜以前，自从遇到王筱澜，他发现自己这种乐天派的做法好像不灵验了。

30

出警量没少，又加重了训练任务，一时间所有人都感觉压力倍增。不过也正是压力让他们又像刚来到这个中队的时候一样拧成了一股绳。

三千米测试的时候，刘帅跟大家伙儿说："咱们中队好像还没有哪个三千米跑不过的，南瓜好像差点，估计刚好及格，南瓜，你倒是加把劲啊，别总是拖咱们的后腿行吗？"

南瓜并不喜欢别人喊他绰号，但刘帅从来不是根据每个人的喜好来行事，他看南瓜不吭声，接着说："南瓜变成了闷葫芦。"

南瓜不依了："刘班长，你不能因为我训练成绩不好就挤对我。"

"我怎么挤对你了？"

"你给人起外号，这是人身攻击。"

"好好好，还真是玻璃心，自己训练搞不好还不让别人说，有本事你就好好跑啊，别到时候又是倒数第一。"

其他人看着他们这样你一句我一句觉得好不热闹，不过也没有人出来打岔，一般刘帅说话跟干部说话的时候一样，没有人会故意挑战他的权威，毕竟他资历最老，什么也没落后。

结果测试的时候，南瓜奋起直追，没有再跑到第四圈或者第五圈的时候停下来喘口气，平时他就是在那个临界状态里放松了对自己的要求，跑跑停停，最后就干脆走到终点，就是中队长骂他也没用，实在跑不动。后来杜军跟他们讲，三千米最重要的就是临界点的状态，那时候是身体最疲劳的时候，一旦过了那个临界点，整个人就又有劲儿跑下去了。南瓜把这个记在心里，不过并没有想要好好做，现在被刘帅一刺激，他决定还真就按照中队长的话来做，就是要跑个好成绩给你看看。

结果南瓜没有倒数第一，但也还是倒数几个里面的一个，可能是倒数五六名，这已经是他破天荒的好成绩，总共用了接近15分钟的时间。

训练不是一蹴而就的，没有日积月累的经验，就不可能有令人满意的成绩。跑完了，刘帅拍拍南瓜的肩膀："给你点个赞。"

南瓜有些不服气："你以后少在人多的时候喊我外号，我也是要脸的。"

"我错了还不行？"

"你请我喝汽水。"

"没问题。"

据说这次比武竞赛还分两个阶段，第一阶段是支队来每个中队普考，普考成绩占70%，第二阶段是个别科目集中比武，成绩占30%。可见支队这次把重心放在了全员参训。

　　也就是说 3000 米、100 米、单双杠这些基本体能训练要人人过关。之后的车操、拉梯要从中队挑选训练尖子去支队比赛，这样一来就在中队形成了梯次，训练也有了侧重点，训练成绩好的不仅要完成基础的训练科目，还要参加另外几个科目的训练。

　　不过这次比武，不仅要求现役官兵参加，专职队员也要参加，这还是破天荒头一次。

　　瞿峰带领几个专职队员也不甘示弱，他给杜军打了包票，绝不掉队，绝不拖后腿。他很有耐心地揣摩每个科目，有不懂的就去问刘帅。

　　刘帅大大咧咧，看见瞿峰这么热心，也都很细心地讲解动作要领。瞿峰还提了一些建设性意见，其中一些刘帅觉得很不错，专门在集合的时候跟大家表扬瞿峰，瞿峰还有些腼腆，被当众表扬搞得脸都红了，刘帅见状又打趣两句："你看看人家多谦虚，以前是企业的高管，将来是有可能成为大企业家的人物，现在到了我们这里表现得这么积极，所以说是金子哪里都能发光，师傅领进门修行靠个人。你们也多动动脑筋，别总是这不情愿，那不情愿的，在这里搞不好，到哪里都搞不好。"

　　瞿峰见状只好说："刘班长，您这是表扬我呢？我怎么感觉自己像是做了亏心事一样无地自容？"

　　"你要是有这种想法，我只能跟你道歉，我错了，我这人就是没文化，说话没轻重，你可不要放在心上。"

　　瞿峰只好笑哈哈地不再吭声。

　　"其实比武只是一个手段，关键还是要看平时，临时抱佛脚是行不通的。"杜军站在队伍不远的地方对邱明说。

　　"但比赛也很重要，如果比不好，到时候也难跟大队长交差不是？"邱明说。

　　"唉，这一年年的，好像总是马不停蹄，以前总以为上班了就轻松了，现在感觉真是自己当初想的太天真不是？"

"队长，你怎么忽然跑题了？"

"有吗？我就不能跟你聊点自己的思想波动情况？"

"我以为你今天准备全身心投入训练中，没想到这么快就开始给我出难题，让我疏导你的思想。"

"那可不？我也是人。"

邱明觉得杜军很逗，不过他知道杜军肯定不是真的需要他疏导什么思想，果不其然，杜军忽然又扭转回来："指导员，你说咱们这次能拿到第一名吗？"

"第一名？我以为你要问我能不能拿到名次，结果你够狠，直接问能不能拿到第一名。"

"好了，你已经表示了你的怀疑，不过我想跟你说，我觉得照这么练下去，我们拿个第一应该没问题。"

"希望这不是盲目乐观。"

"走着瞧。"

杜军说完雄赳赳气昂昂地跑到队伍里去了，他又琢磨了几个可以提高训练成绩的方法，开始跟大家讲起来。邱明也跟过去。邱明心想，杜军的想法还真是多，尤其是在训练上面，一天能冒出来好多个稀奇古怪的点子，而且个个都挺靠谱，听得战士们一愣一愣的，又觉得挺有道理。不过邱明忽然想到一个问题，杜军在生活中也是这样吗？为什么每次听他跟嫂子打电话都感觉他战战兢兢的，没有训练时的那种精气神呢？不过这个不好去当面问杜军，要是问了杜军不高兴，自己岂不是自讨没趣，还影响了杜军的心情？毕竟杜军已经在很尽责地干好自己的工作了。

第六章　波折

31

这一天就在大家都在忙着训练时，一个专职队员小吴找到瞿峰，一脸闷闷不乐的样子，像是受了什么委屈似的，说："班长，我不想干了。"

瞿峰吃了一惊："怎么回事？干得好好的不想干了，觉得太累？"

"累点没啥，就是不想受窝囊气。"

"谁欺负你了？"

"倒没有欺负，就是明显感觉咱们低人一等。"

"你应该多想想自己为什么要来这里工作，不是计较那些闲言碎语，对了，你听说过一个词儿吗？"

"什么？"

"英雄主义。"

"听说过，就是见义勇为，路见不平拔刀相助。"

瞿峰笑着说："这个世界上只有一种英雄主义，那就是看清生活的真相以后，依然选择去热爱它。"

"那跟咱们这个有关？"

"当然有关。如果你积极主动去面对而不是逃避，就算别人轻视你，可是你自己不要轻视自己，这样岂不是会让自己更纯粹地活着？"

小吴点点头，似懂非懂的样子，可是感觉他要明白过来还需要一些时间。

"多想想我们为什么工作。"

"不工作就会被人瞧不起，没有立足之地，在家里就受窝囊气。"

"这是一个理由，但还是比较消极，怎么说呢？"瞿峰搜肠刮肚，像是在寻找合适的表达方式，过了一会儿他说："工作就是为了挣口饭吃，所有的工作都是这样，这个社会上大部分的人工作都是为了保障这个根本。可是你有没有想过，我们工作在挣口饭吃的基础上，能够实现自己的价值？"

小吴有些发蒙："班长，你说得好深奥。"

"我可能不善于表达。那我还是跟你讲讲我为什么当消防员，哪怕只是专职消防队员。"瞿峰扑闪着眼睛，很真诚地说："我就是喜欢军队，我喜欢血气方刚的环境，以前我在企业工作领导赏识，我工作很开心，可以实现自己的价值，按理说我可以不来，但我一听说消防部队可以招专职消防队员，我还是义无反顾地放弃了以前的工作。很多人都不理解，觉得我脑子短路了，可是我觉得很值得，因为我觉得一个人不能只看重利益，更应该想想自己为什么活着，到底热爱什么，如果热爱那就去做，因为不做会后悔，生命的意义就是实现自己的价值，这句话可能听起来很宽泛，可是，我在企业工作的时候确实能够实现自己的价值，但我明显感觉自己还有更热爱的东西，所以我破釜沉舟地来到消防部队，别人说我傻，我也无所谓。"

小吴忽然像是受到了鼓舞一样，他听得津津有味。

"所以，我想说的是，其实我也发现你说的问题，但是没有那么严重，可他们从事的职业十分高尚，你想想发生火灾了，他们中表现最不好的都知道舍己救人，你说这样会不会让你感动呢？"

"那倒是，就是平时喜欢挤兑我。"

"还想不干了吗？"

"暂时不想了。"

"看来我还是有点水平的啊。"

"班长，我就服你。"小吴哈哈笑着，不过他的眼神里还有那么一丝不确定。

瞿峰没有想到的是，不仅小吴有这种想法，还有小李也是这样，他是听别人说小李最近有点不对劲，总是不在状态，而且几个士官看他表现不积极，已经警告过他，反而让小李更加消沉。

快周末的时候，小吴又找到瞿峰："班长，你知道吗？他们要打架了。"

"什么？"瞿峰不相信自己的耳朵。

"小李和乔伟杠上了，小李来部队前可是一个公子哥，他爸是明珠集团的董事长，从小没受过气，这里别人总是说他这不对那不对令他很不爽，于是就准备跟别人单挑。但是现在情况变得很复杂，小李不知道鼓动了谁，现在其他几个专职队员也要加入，乔伟也找了几个人准备和他干群架。小李放了狠话，他爸各种道上的朋友都有，就不怕收拾不了乔伟。"

瞿峰听得心惊肉跳，没想到会出现这种情况，他整天琢磨着怎么出好成绩都忽略了身边发生的事情。

他们准备趁周末杜军休息的时候干架。说是不用武器，就赤手空拳上阵，而且这个要绝对保密，输的一方要低头认错，还要被赢的一方使唤。

瞿峰找到小李，问有没有这种事情，小李却有些没好气地说："没有，又是有人瞎说。"

看小李这样说，瞿峰断定那就真是这样了，他们看来一定会打群架，到时候后果不堪设想。瞿峰想现在估计自己已经无法调和双方了，看样子，他们之间的矛盾不是一天两天了，一定是有些事情是自己没有察觉到的。

这件事情如果任其发展，那么中队的比武就泡汤了，而且本来现在中队的处境就比较尴尬，要是被上级知道了，那么中队长和指导员就麻烦了。他还是对杜军和邱明很信服的，不想他们因为底下的人不团结被上级处分，这样想着，他就决定把这个情况告诉中队长和指导员，可是如果没有抓个现行，估计以后也会发生，于是他决定先深入敌后打探军情，他又找到小李，说自己早就看不顺眼刘帅，说要打一起打，不能便宜了他们。

小李信以为真，就把决战的地点和时间告诉了瞿峰。

32

星期六早上开饭前，杜军站在院子里和邱明商量一些事情。没有人知道他们在说什么，两个人有说有笑，感觉很开心一样。

太阳还没有升起来，天气已经热得让人有些吃不消了，好在早上没有接到报警，出完早操所有人就开始打扫卫生，偶尔会有一两个人从角落里偷偷观察着老大老二的一举一动。

他们有人给中队三个干部取了代号，老大，老二，老三。这只在很小的范围内使用，大部分人觉得不好听。杜军在他们心里还是十分正面的，自从来到这个中队，杜军并没有做过任何让自己不服的事情。

周六杜军调休一天，周日是邱明调休，宁辉的休息时间不固定，有时候周六，有时候周日。杜军之前规定过，即使是周末，中队必须有两个干部在位。

杜军和邱明聊了会儿天就走了，他开着他的车在中队院子里又转了一圈，像是在检查卫生一样，好在这一天卫生打扫得很干净，他看了看没发现什么问题就离开了。

这一天也很平静，上午是车场日，所有人出动把车库的车都开到院子里，清洗干净后把器材都规整到位，之后就组织了单双杠练习和一百米冲刺。下午太阳大的时候，邱明给大家上了一堂课，等天气稍微凉爽一点，又打了篮球，中途有个摘马蜂窝的警，宁辉和刘帅带了一辆车到场搞定了。

等到了晚上，邱明组织大家到电子阅览室放了一部电影《芝加哥烈焰》。看完后，邱明没让大家写观后感，所有人都感恩戴德，这一天也算是充实而有序的一天。

熄灯后，邱明和宁辉查了铺没发现异常。

到了晚上十点多的时候，等干部寝室已经没有了动静，有些人影细细簌簌来到了中队后面的空地上，这里离干部宿舍最远。夏天，干部宿舍一般都是关窗开空调，估计就是有动静也听不到这里发生了什么。人影一个一个在空地上站定，月光洒落在身上，汗水顺着身体直往下淌。气氛有些剑拔弩张，他们站成两拨，虎视眈眈，那场景有点像仇家的对决。紧接着，有人已经开始冲向了对方，刚刚扭打在一起，忽然二楼的灯亮了，空地上面的一个灯泡也亮了，紧接着就有人听见闪光灯啪啪啪地响了起来，那是数码相机在拍照的声音。

所有人都停了下来，他们刚刚窜起来的怒火一下子又熄灭了，被这忽然出现的情况惊呆了，有些害怕起来。

"你们继续啊。"杜军的声音从二楼正上方传了过来。

杜军不是休息去了吗？他什么时候回来的，他怎么知道这里有一场决斗呢？所有人都百思不得其解。

"乔伟，你整队。"杜军站在二楼一边让乔伟整队，一边开始数有多少人。

有些人还准备趁机跑掉，但又不敢轻举妄动，他们互相使着眼色。

"别打歪心思了，宁队你等下检查一下照片，有没有溜走的。"宁辉已经走到了楼下，开始点人头，一边还在对照着数码相机里的照片。

这下没人敢跑了，都在原地老老实实地站着。乔伟这时候已经很快转变了姿态，刚刚还是有些吊儿郎当，现在已经变成了一本正经，像是没有经历过刚刚发生的一切一样。

"你们可以啊，我在中队干了这么长时间，还真是第一次遇到这种事情，是我跟不上时代了吗？"没有人吱声，他继续说道："我还没有变成老古董吧，平时看你们一个个的还是很和气的，有什么深仇大恨，搞得要打架？你们真是皮痒了是吧？你们不知道你们要打的人有可能就是在火场里要救你命的战友吗？"

他站在队伍前面开始不停地走来走去，一个个地盯着他们的脸打量着。

"要是打架的时候出警，你们准备怎么办？继续打架还是出警？乔伟，你说说看。"

乔伟立刻回答道："报告队长，出警。"

"现在说得好听，要是在出警前受了伤怎么办？打伤了战友怎么办？你想过吗？"

"报告队长，我知道错了！"

"你说说怎么回事。"

乔伟被问住了，他不知道怎么开口。

"每个人回去写一份检查，把事情的来龙去脉写清楚，要是写不好，你们就等着瞧。"

打架对他们来说是小事，写检查可就让有的人头疼了。不过只有乖乖回到寝室写检查。

"直接去会议室，不要吵醒了其他人。"

他们被带到了会议室，宁辉给每个人发了纸和笔。

快到十一点的时候，宁辉就把检查收了起来，让他们回寝室休息，不要耽误了第二天的训练。杜军没有再出现。所有人都老老实实地回到寝室睡觉，平时走路震得楼板咚咚响，这一刻格外稳重，确实没有吵到其他休息的人。

33

事情很快就查清楚了。乔伟和小李记大过，取消评优评先资格，打扫操场卫生半年，其他几个参与的人都是警告处分，三个月内不能外出。

那天晚上瞿峰没有参与，小李很快就知道这是瞿峰泄密，乔伟也很快就知道了这是瞿峰干的。他们一边承认自己的错误，一边又开始故意疏远瞿峰，连小吴也不敢在人多的时候和瞿峰说话了，这时候要是和瞿峰走得近，估计都会被排挤。

瞿峰一直觉得自己没有做错，可处处被身边的人冷落，他有些心灰意冷。他像往常一样站队的时候，其他人都不愿意站在他身边。不知道有人在背后说了他什么坏话，或者警告过大家不要和他走得太近，否则哪一天就被出卖了。

周末，瞿峰还是和往常一样回家休息，回到家他没有提到自己在中队发生的事情。

瞿志国问他中队怎么样，有没有吃不消。瞿峰说挺好的，虽然辛苦但是很充实。瞿志国没有继续问，不过他注意到瞿峰脸色不大好："你年龄不小了，不要处处抢第一，要注意身体。"瞿峰点点头。

　　瞿峰还接到以前老板的电话，让他办个事情。他虽然不在公司上班了，可老板的很多事情只有瞿峰可以办得让他放心。瞿峰办好以后去见老板，老板也问了问中队的情况："怎么样？体验够了吗？要是体验得差不多就回来上班吧，今年我有好几个大项目，你来了肯定能帮大忙。"瞿峰也很高兴老板的生意开展得很顺利，不过他只是提醒老板也要注意劳逸结合："不要太拼了，宋哥。"他私底下都叫老板宋哥，人前的时候还是毕恭毕敬叫宋总，"钱是挣不完的，挣钱的目的不是为了生活吗？为了开心吗？"宋总狐疑地看了他一眼："你的意思是我钻到钱眼里了？""不敢不敢，我是觉得您现在已经有足够的条件可以放松放松，有什么事情让底下的人去做就是了。""你以为都跟你一样让我省心？公司那么多号人，我总要对得起人家对我的信任不是吗？"宋总又问他："你胳膊上这个疤怎么回事？不会是跟人打架了吧。"瞿峰笑着说："您看我像打架的人吗？"顿了顿，他忽然想把自己的困惑说给宋总听。"宋哥，最近中队确实发生了点事情，有人要打架，我为了集体着想……"他还没有说完，宋总就打断他："你打了小报告。"瞿峰点点头，宋总接着说："然后你就成了众矢之的。"瞿峰又点点头："宋哥，你不会是在我们中队有眼线吧？""你们中队有什么钱好赚的？我要安排眼线进去？""倒也是……""以你的性格我就知道你会这么做，我太了解你了。"

　　"那你说我做得对不对？"

　　"我记得你好像跟我说过一句话，这个世界上不存在什么对不对的事情，只要不是伤天害理的事情，只要问心无愧，只要心甘情愿都是对的事情，你还说这个世界上没有什么值得不值得，只有愿意不愿意。"

　　"宋哥，我那可是瞎说的，惭愧啊。"

"惭愧什么？你觉得你做错了吗？"

"没做错，我是为了集体考虑。"

"如果再发生这样的事情，你会怎么做？"

"我还是会做出同样的选择。"

"那不就结了。"

瞿峰笑着点点头，感觉心里舒坦多了，他以前也喜欢跟宋总聊天，有时候聊一聊，自己的困惑就没有了。宋总想不开的时候也喜欢找他聊天，不过宋总想不开的事情很少，宋总是一个效率很高的人，那些鸡毛蒜皮的事情，他不会放在心上。

快分别的时候，宋总又说了一句："干得不开心就回来吧，有你这愁眉苦脸的工夫在公司早就给我赚了不少钱了。"

瞿峰回到中队以后，整个人的状态好了些，不过他还是感觉有些压抑。

这一天，他一个人在收拾水带的时候，听到背后有动静，扭身一看，是华晓琴。华晓琴很少来金沙中队，她在大队也忙得不可开交，大队很多业务都在她手上。

"什么风把您吹来了？"瞿峰站起来跟她打招呼。

"大队长让我来送个东西，要报一个资料给支队，刚好来拿回去。"

"怎么让你跑，大队其他人呢？"

"最近政府联合检查，都在忙着，所以我只好自己来了。怎么，看你好像不欢迎我一样，那我走了啊。"

"别啊，我不是觉得让您亲自跑一趟太辛苦吗？"

"嘴巴挺会说，不愧是大企业家。"

"这怎么就开始取笑起我来了？"

"不敢不敢，能不能好好聊天？"

瞿峰笑了起来，他知道华晓琴有话要说。

　　"听说最近你在这里挺不开心？你别问我是怎么知道的，反正我已经知道了，不过我觉得像你这样见过世面的人，应该想得开才对。而且，我也知道你比其他人更靠谱，不会做不好的事情。"

　　华晓琴一米六九的个子，整个人看上去又十分清爽，她扎着马尾辫，像个女学生一样有板有眼地冲着瞿峰说出那些话时，让瞿峰觉得她有些可爱。

　　瞿峰没有继续这个话题，因为他好像并不需要这样一个阅历没有他深厚的人来开导他。只是他表现得很开心。

　　"你看我的样子像是不开心吗？我其实自愈能力超强。"

　　华晓琴又安慰了他两句，不过没有多说。因为她还有事情要去找中队干部，瞿峰跟她告了别，说以后多联系，有什么需要帮忙的尽管开口。

　　瞿峰见过各种各样的女孩子，但他一时间也说不上来华晓琴属于哪一类，如果光从外表来看，华晓琴应该属于很漂亮的那种，瞿峰第一次见到她的时候就记住了她，当时身边几个专职队员还跟他议论，说怎么这个妹子这么漂亮。后来接触几次以后，瞿峰发现，华晓琴其实十分简单淳朴，就是有时候会犯迷糊，不过不管是她很精明的时候还是她迷糊的时候，她在瞿峰看起来都很可爱。

　　瞿峰偷偷乐着，心想其实自己本来还是有点压抑的，可是华晓琴专门过来劝自己，好像瞬间就没有了思想包袱，或者说有思想包袱，也可以承受了。

　　他来到二楼，路过办公室，看见华晓琴一个人在办公室里，这会儿办公室没人，华晓琴一个人在办公室干什么呢？他偷偷走上前，发现华晓琴在看一个笔记本，因为看得太投入，甚至没有注意到身后有人，等华晓琴回过神儿来，吓得一哆嗦："你吓死我了！"说着她很快把笔记本放在桌上，笔记本上写着宁辉的名字，瞿峰好像发现了一个小秘密，他的心又被刺了一下。

34

夏天不仅有落叶还有杨絮，一天要扫好多次，不然被中队长发现就要挨批评了。

"你说你爸那么有钱，你非要来这里找罪受，至于吗？"乔伟对小李说。

"我愿意。"小李不看他，头也不回地换了一个地方，操场很大，不需要两个人挤在一块儿。可乔伟这一天好像就是要黏着他。

"我好好跟你说话呢？你怎么这么不耐烦？"乔伟又跟到他身边，一边还低头扫地。

"你不能让我静静吗？我想静静。"

"静静，你在中队还想静静？集体生活不能想静静，要闹闹，要时刻记住你是集体的一分子。"

小李："你还说得出口，你有资格说集体两个字？平时就你喜欢挑拨是非，还好意思说集体？"

"我什么时候挑拨是非了？"

"我懒得跟你说，你好好想想，仔细想想，你是不是经常搞得我们专职队员很尴尬，显得你们高人一等一样。"

"你好像误解了我。"

"随便吧，别烦我。"

"不，我就是要说清楚。"

小李把扫把啪一下扔地上，双手抱在胸前，一副挑衅的样子，说："那你说，你好好说，我听着。"

乔伟赶紧抬起头四下看看，看中队干部有没有发现他们俩，他把扫把捡起来，拉过小李的手接住。

"你自己惹的不是吗？非要来招惹我。"

"你还想不想听我好好说了？"

小李已经开始扫地了，没有作声，他也不想跟乔伟浪费时间，天气闷热，汗水滴落在地面上，瞬间就蒸发了。

"这样吧，我先认个错。想找你打架是我不对，可谁让你平时总是一副瞧不起我们的样子？"

小李："我哪里瞧不起你们了？"

乔伟接着说："你先听我说完，后来你记不记得，我有个兄弟想买几个东西，我不是找到你吗？想让你帮忙拿个内部价，谁知道你不仅不帮忙还数落我一顿。我早就跟他们吹去了，说我们中队有明珠集团的公子哥儿，你不是让我没办法交差吗？"

"关键是我确实问过了啊，你说的那几个东西确实没有内部价，商场不是所有东西都有内部价，为什么你不相信我呢？"

"然后就是你吧，别人问你借钱，你也不借，那个王天，你知道吗？他爷爷确实生病了，家里没钱治病了，大家都拿钱出来，你就拿一百，我看王天不好开口就专门找到你，结果你还是不借，你说你这人怎么这么铁石心肠。"

"我来消防队的时候，我爸就把我的银行卡、信用卡全部拿走了，我身上确实没什么钱，而且我问过我爸，他说让我向组织反映，后来我也把王天的情况告诉了中队长，大家不是组织了捐款吗？我当时捐了五千，其中一千块钱是我爸给我的，还有四千是我问以前的朋友借的，我一个月能有多少工资，我花钱是有些大手大脚，这是我应该注意的问题，每次发工资我都花完了，你说我怎么小气了？"

乔伟已经有些不好意思了，原来这其中有这么多误会。他继续说道："还有就是，你总喜欢单独行动、不听指挥，别人说你的问题，你就怼人，让人下不来台，我这么大老粗的人都被你怼过好多次。"

"我说话直接这有错吗？"

"说话直接没错，可是怼人有错，因为大家都是战友。"

"你还好意思说战友，你们从一开始就一副瞧不起我们的样子。"

"这个，可能是有些时候我们没有注意，但我们从来没有瞧不起你们。"

小李不说话，走一边去了。

杜军不知道啥时候过来了："你们俩聊得挺愉快啊。"

乔伟："报告队长，我是在和战友开导思想，我想跟他搞好团结。"

"怎么样？你们交流的结果是什么？说来听听。"

"都是误会，谁也不想这样，结果变成了这样，以后我们一定会注意的，有时候我说话做事的方式伤害了他。"

"这样吧，你有时间了再给我写个思想汇报，小李也是一样，你们一人交一份思想汇报，我要看看你们最近的思想动态，不要写假大空的话，我要真实情况，听到没有？"

"是！"两人答道。

35

谁也没想到支队会在这个时候来督察。司令部副参谋长带着警务科科长一起来到了中队。他们的第一件事不是直接进到中队里面，而是在门口停下车，直接进到岗亭，让哨兵按电铃，与此同时已经开始计时。

中队的人分成了两拨，一拨在练单双杠，一拨在练拉梯。听到电铃以后所有人都跑向了车库。广播里说：接警出动，接警出动。

大家都知道这是督察来了，中队刚成立的时候来过几次，当时还被上级通报批评，现在快比武了来，会是什么目的呢？

大家都把自己的战斗服穿好，很快就出动了。

整好队以后，警务科科长点了名，之后就让中队按照操课计划开展训练了。中队长和指导员陪着副参谋长和警务科科长在营房里检查卫生。

刘帅要上厕所，宁辉让他去食堂旁边的小厕所上，不要上楼，刘帅嘴里答应着，还是不想多跑那点路，他蹑手蹑脚来到一楼和二楼之间的厕所，这会儿他们肯定检查完这里了，上完收拾干净就可以了。但就在他准备离开的时候，听见副参谋长在训话，忍不住就多听了两句。

副参谋长说："你们中队现在已经被支队领导盯上了，不知道你怎么搞的，以前还觉得你能力可以，现在看来，真是不能光靠感觉，还是要经过一些实际的情况才知道到底是怎么回事。你们这次比武要是拿不到前三名，你们就准备调到周边中队去吧，这不是我的意思，这是支队长的意思。"

杜军和邱明没有说话，他们这会儿估计也不好说什么。刘帅赶紧溜回训练场。

督查组走后，杜军和邱明还是像以往一样组织大家搞训练，没有提督查组反馈的意见，大家以为最近内务和卫生很注意没有出现什么问题。

一连几天，刘帅都闷闷不乐的，他一直在等着中队长和指导员把情况跟大家说一下，哪怕是发泄出来也好，可是杜军和邱明就是没有提到相关的情况。刘帅心想，估计中队长和指导员是怕大家有思想包袱。但刘帅憋不住，他琢磨着一定要把事情跟大家说一下，不然所有人都还是稀里糊涂的，到时候比武搞不好，中队长和指导员就危险了，虽然说调到别的中队未必是坏事，可是将来等中队长和指导员都走了，大家回想起来会不会觉得愧对他们呢？

刘帅就把当天副参谋长的话讲给了大家，听完刘帅的话，所有人都有些惊讶，没想到事情会变成这个样子。他们也没有去当面问一下中队长和指导员到底是怎么打算的，但是所有人都更加投入训练了。

士兵和专职队员也不再闹别扭了，而是"同仇敌忾"，想要拿到名次，把中队长和指导员都留下来。

刘帅更加积极了，乔伟更加积极了，瞿峰更是奋不顾身了，小李也比以前更加努力，所有人都在训练场上抛洒汗水。

乔伟和小李已经和好了，他们不再为了之前的事情耿耿于怀，而是敞开心扉，开始一起研究几个科目怎么能提升成绩，两人甚至开起了玩笑，别人都说乔伟是在拍马屁，将来退伍了想投奔小李的父亲，不过乔伟不在乎，他就是天天跟小李有说有笑，打扫卫生的时候也一起。

王磊跟杜军打电话问他比武准备得怎么样了。杜军说："心里还没底呢？"

"听你这么一说，我感觉有把握了，你这人我太了解了，一般有把握的时候特别淡定。"

"你真是不了解我，我要是淡定，还会整天愁眉苦脸的？"杜军反驳。

"你就去比吧，肯定能拿到名次。"

"我也感觉你给我打电话不是为了说这件事情。"杜军说。

"怎么会呢？你怎么会这么感觉？"

"我发现你跟我们中队那个谁一样，乔伟，就是你们说一件事情的时候，其实不是在说那件事情，而是在说别的事情。你们俩真是应该见个面，你们搞不好是亲戚。"

"说一件事情的时候，感觉不是在说那件事情，在说别的事情？"

"你们文化人应该知道，那叫顾左右而言他。"

"我说几天不见你怎么说话就这么喜欢毒舌，你是不是在中队憋狠了？"

"那可不，确实是憋狠了。"

"好了，听说你们中队最近不太平啊，是不是发生了什么事情？支队领导都盯上你们中队了，你们要是比武搞不好，那就难办了。"

"我就说你是顾左右而言他，你还不承认。"

王磊没有继续开玩笑，杜军接着说道："上次支队来督察的时候已经告诉我们了，反正现在我这里是四面楚歌，不过我看他们训练很积极，比以前都积极，我们其实也没有说非要让他们怎么样，如果支队要用这个来要挟我们，我们也不会非要让他们怎么样，顺其自然吧，这么多年都过来了，什么没看过，好多事情都看淡了。"

"有你这么好的中队长，你还怕手下人不肯卖力？你放心好了，你们一定能拿到名次的。"

"这你也知道？"

"我当然知道啊。"

36

王家近来很是不太平，先是王母急性阑尾炎住院，紧接着王父在给住院的王母送饭的路上被一辆送外卖的摩托车撞倒，摔断了胳膊。

两位老人都住院了。

王母住院的时候，杜军还去医院陪护了一天，平时也还是没空天天往医院跑，王筱澜又要上班又要照顾家里，整个人瘦了一大圈。等王父住院的时候，王筱澜索性就没有告诉杜军，杜军还是从自己父母那里听到了消息。他问王筱澜："咱爸住院了，怎么不告诉我一声？"王筱澜十分平淡地回了他一句："说不说有区别吗？"杜军一时语塞，竟然还有些惭愧，不过他平复了情绪，还是对王筱澜说："小王，我确实有很多事情做得不好，可是我也是很关心你还有咱爸咱妈，你们都是我生命中最重要的人，有什么事情都记得告诉我，我能力不足，可是也会尽全力的。"王筱澜没有说话，杜军接着说："希望我们可以不计前嫌，有什么困难都一起面对。"

王筱澜嗯了几声就挂了电话，她好像已经很难被杜军感动了。即使一向不会说这种话的杜军说出了这种让人感动的话，在王筱澜看来也有一种隔靴搔痒的感觉。

王筱澜接电话的时候，王母也在身边，母亲劝她："小澜，杜军确实是忙，你有什么要多担待着点，别总是冷言冷语，杜军也不容易。"

王筱澜本来还很平静，听母亲这样说，感觉母亲是在责怪自己，她也不管母亲还在住院，立马反驳回去："那我容易吗？我要的很过分吗？我要的不过是我需要帮忙的时候，有人能站在我身边，哪怕不能鞍前马后，起码可以陪我聊聊天，让我感觉我也是有人可以依靠的，而不是用电话远程指挥，现在好像别人还是受害者，我成了罪人。"王筱澜说着说着就说起了武汉话，她心情平静的时候都是普通话，要是有糟心的事儿，一准用武汉话。

杜军一有空就往医院跑，杜军的父母也时常去医院看望亲家。王筱澜没有再在别人面前说过难听的话，只是她，好像不再是以前那个十分随和、没有心事的人了。

王筱澜感觉自己的心情没有人能够体会，她有时候跟自己的闺蜜说，闺蜜也不是处处都站在她的角度考虑问题，有时候还对自己冷嘲热讽，她对闺蜜说："这个世界上就没有什么真正的感同身受。"闺蜜听得一头雾水，问她什么意思，王筱澜说："没什么意思，自己慢慢体会吧。"

心中的情绪如洪水肆虐，无处发泄的她企图揪住救命的稻草，可是一切现实世界里的人都多少让她失望或者无法根本解决她内心的愁苦。她也不想让别人觉得自己是无理取闹，只好尝试用占星学来解释一切。她从网上买了很多占星的书。白天都在医院和上班的地方来回奔波，不陪夜的时候也不好好休息，她害怕一个人空下来的时间。她把所有时间都用在了看那些书上。

第七章　捷报

37

一年一度的比武如期举行。这是消防支队的例行动作，实则是消防总队要求的规定动作。支队比武后，总队还有比武，支队的比武基本是按照总队的模式来举行。

总队每年也有比武，那是在全省范围内在各个支队随机抽取一个中队参加相应科目的竞赛，之后还有一些特定科目由各支队推荐队员参加比赛，两部分成绩按照比例汇总后在全省排名。全省一共有 14 个消防支队，在比武这个问题上，没有哪个支队敢怠慢，都是全力以赴，力争拿到名次。

杜军带领参赛队员站在主席台下站成了一路纵队和其他中队一起安静地等待着领导上台讲话。

九点五十八分，离开幕式还有两分钟。他们按照上级指示穿着抢险救援服站在台下，汗流浃背，没有人发出声音，领导们已经陆续就座，比武很快就要开始，一阵风吹了过来，可是没能够穿透他们厚重的救援服，对于身经百战的消防员来说，这点燥热远远不及火灾现场的烈焰熏烤。

杜军感觉汗水已经顺着脸颊滴落了下来，风吹过来时，有些许凉爽的感觉，可能是因为激动或者紧张的原因，他倒没有感觉到无法忍受，只是希望比武时，大家正常发挥，否则……他不敢往后想了，如果真有那个不好的可能发生，那也只能硬着头皮去面对了。

"……紧紧围绕党在新形势下的强军目标，在市委市政府的坚强领导下，按照武汉市公安局大练兵大比武工作部署和支队党委练兵工作思路，秉持'问题、目标、实战'导向，牢固树立'以训促战、以战促练'理念，立足灭火救援现实战斗需要，突出'真、难、实、严'，深化训练改革，坚持基础化、专业化、实战化'三化'融合训练方向，通过全过程、全要素、全地形、全领域'四全'训练模式开展全员练兵，实现转变观念强意识、全员练兵强基础、沙场竞技强斗志、锻造尖兵强担当、围绕打赢强战能的'五强'练兵目标要求……"

杜军听着台上首长的讲话，感觉热血沸腾，他为自己在这个光荣的集体而感到自豪，他也为过去这几个月来持之以恒地钻研业务感到自豪，他为身后站着的中队战士们那团结一心的精神感到自豪，可是，除了这一切，他还为未知的一切感到惶恐，拿到名次、一定要拿到名次，否则怎么对得起中队所有的人，否则怎么对得起父母，怎么对得起医院里的岳父岳母……他努力控制自己的思绪，是不是给自己太大的压力了？早上集合前自己不是还跟几个战士说不要有思想包袱的吗？自己怎么说得轻巧而做不到呢？

开幕式结束后，刘帅对杜军说："队长，您真不用太担心，拿不到名次，我把名次倒着写。"

杜军没有说话，如果是以往，他会用另一个玩笑来回应他，可是这一会儿，他只是冲刘帅点点头："大家都尽力了……"他没有继续说下去，很快他就要去抽签了。

这次比武竞赛一共设置了基础、专业、实战3大类11项科目，通过单兵、班组、整建制真对真、实打实的比武对抗，交流切磋技艺，巩固练兵成果。

在4×400米接力跑中，刘帅、乔伟和另外两名消防员一鼓作气，把平日里训练注意的事项都做到位，落实在了每一次迈腿、每一次挥臂的动作上，他们很快就超过了其他几组队员，等这个科目结束后，金沙中队参赛队员的士气都被鼓舞了，他们从裁判那里得知，他们的成绩远超其他中队，单项成绩第一。四个队员跑完后抱在一起，他们欢呼着，之后不知道谁没有忍住，竟然流下了眼泪，刘帅和乔伟这两个平时一向嘻嘻哈哈的老士官居然也没忍住，不停地开始抹眼泪，刘帅嘴里骂骂咧咧："这一个个新兵，真是娘里娘气的，哭个啥咧！"乔伟说："老刘，你还不是一样哭了，怎么就怪别人？你看看你自己，哭得跟什么一样，有啥好哭的？"

其他中队参赛的队员看到他们这样，倒也没有故意损他们几句，只是默默地看着彼此笑了笑，没有打扰这几个人，不想破坏他们中的那种气氛。

这个科目之后，大家好像找到了斗志，都感觉平日里互相切磋的那些技巧真的很管用，他们按照中队干部和老班长的教导认认真真完成了每个动作。

一天半下来，所有人好像都晒黑了一个色度，也有可能是脸因为激动而发红，刘帅捧着第一名的奖牌耀武扬威地穿过人群，在其他中队羡慕的目光中，往停车场那里走去。

"老刘，你可要请客啊？"有些中队的人冲着刘帅喊到。

"请什么客，你怎么没说你请我咧？回去好好练去！"

别人被他噎得不好反驳，就不再开他玩笑。

晚霞把特勤队上方的天空染成了橘红色，白杨树在微风的吹拂下，树叶发出哗啦啦的响声，鸽群从天边飞了过来又簌簌地飞向远方。经过一天阳光的曝晒，热浪在一层一层消退下去。消防员们离开后，之前喧闹的操场上空凝聚着静谧安逸的氛围。

杜军走在最后。从他的表情看不出他有多么高兴，甚至会让人感觉，那一刻的他是十分平静的，短短一天半的时间，他经过了一次考验，也经过了一次洗礼。他年轻的生命里似乎又多了一些宝贵的体验，只是那种体验没有办法轻易与人分享。带着这个喜人的成绩，他悬着的心终于落了下来，他有些感慨，也有很多感动，想起之前因为担心拿不到名次而寝食难安的日子，他的心中百感交集，好像再一次体会到了甘甜的滋味。

38

就在杜军带领大家在比武场上抛洒汗水时，邱明和剩下的人也在中队为了最后的成绩担忧着。邱明还接到了一个许久不联系的同学打来的电话，寒暄过后，那人看似无心实则有意地跟他说了两个让他震惊的消息。

邱明挂了电话后，有些茶饭不思。他一边盼望着参赛人员取得好成绩，一边又拿出中队的花名册，一个个对照他们的基本信息，仔细回想这些人的种种表现，企图通过回忆点点滴滴的过往来寻找那些蛛丝马迹，可最后都是徒劳。

消防车在金沙中队院子里停好以后，还没等车上的人下来，邱明已经让人整队欢迎他们。看杜军走下车以后，他们就开始拼命鼓掌，脸上洋溢着胜利的笑容。

中队加餐了，所有人都兴高采烈地吃着火锅，喝着可乐，不知道是谁提议要吃火锅，据说他们听说杜军喜欢吃火锅，可杜军也没有说过要在夏天吃火锅，好在厨师手艺好，大家吃得汗如雨下、不亦乐乎。

晚上等熄灯以后，邱明来到了杜军的寝室里边，掏出一包香烟，说："来一根儿？"

"你行啊，什么时候抽起烟来了？这么贵的烟，你不攒钱娶媳妇啦？"杜军穿着背心吹着电扇冲他喊道，他不喜欢吹空调，说是空调比电扇费电，可是邱明给他科普过知识，其实电扇和变频空调的用电量差不多，杜军说他习惯了，他读军校就一直吹电扇，吹得可舒服了，比空调舒服。

"这是我爸给我的，就这一包，我还琢磨着给谁呢？今天不是高兴吗？"

"哈哈，算了，我不抽了，我情况特殊，嗯，具体就不细说了……"

"可以啊，负责任的老公，为了下一代戒烟戒酒，可以的，真的可以。"邱明说。

"少来，你有什么事赶紧说，说完了我要睡觉了，困死了，别等下要出警，还没睡好。"

"那算了，我明天再说，免得影响你休息。"说着，邱明就起身要离开。

"你回来，你这不是吊胃口吗？你这样走了，我能睡好觉？你赶紧说。"杜军一本正经地坐在床上等邱明说话。

邱明就把别人给他打电话说的两个消息都告诉了杜军。

第一个消息是，中队有内鬼，经常把中队的情况告诉支队领导；还有一个是，消防部队很快就要改革了，具体有多快，不知道，但十分确定要改革了。

杜军听完后，琢磨了一小会儿，说："要改革的消息早就听说了啊，一直没动静，改革就改革呗，能怎么样？难不成我们现在转业？关键是现在转业上面能批吗？"

邱明说："别人跟我说，如果改革了，以后调动就难了，如果让我们一辈子待在中队，会不会受得了，消防员还是很辛苦的职业啊。不过我觉得可能性不大，就算是改革了，我们也还是要有相应的职级，肯定还是要调整的。"

杜军点点头，邱明接着说："我现在倒是不担心这个，我担心的是另外一个消息，那个内鬼，要赶紧揪出来，不然多危险？"

"你怎么这么沉不住气啊，有内鬼就有内鬼，咱们又没有做什么见不得人的事情，怕什么？他爱打小报告，那是他的事，我们做好自己的本职工作就好了，这样严格要求自己也没什么啊。"

"你可真是心大，或者是我太小肚鸡肠？我好像没有办法忍受有个人天天把我们的情况都捅到上面去，那多大压力啊。"

"哎呀，还亏你是搞思想政治工作的，你难道没有跟其他战士打听别人的事情？这很正常的啊，要是我们能在这个眼线的眼皮子底下都干好工作，我们岂不是很容易就证明了自己的能力？你知道像我们这种不会跑关系的人要让领导知道我们的工作做得好有多难吗？你没有见过那种喜欢拍马屁的人吗？现在我们不仅不用拍马屁了，还能对自己严格要求，多好啊。"

"服，我真是服，用他们的话怎么说来着？就服你！真看不出来啊，我一直以为中队长大咧咧的，没想到是大智若愚，确实有两把刷子啊。"

"指导员也很厉害啊，我不都是跟你学习的吗？"杜军很幽默地说道。

"咱们这是在互捧吗？"

之后邱明就把这个事情放下了，他不再提心吊胆，之前总感觉身边有人要出卖自己的时候，会什么都放不开，干什么都怕犯错，虽然他也没什么错，可现在跟杜军一聊天，反而觉得只要自己解开心结，不仅不会影响工作，还可以像往常一样，所有人都是朋友，所有人都可以帮助自己变得更好，这样一来反而过得轻松许多。

至于别人提到的消防要改革的事情，他还没有考虑好，如果真的改革，自己会怎么样呢？

他打电话给白婧，想问问白婧那边的消息，白婧说估计是真的，还问邱明准备怎么办。白婧说如果真的改革，在改革前会有一次选择机会，就是可以选择转业或者自主择业，他们的年限还不到自主择业年限，只能选择转业。

"那你是走还是留？"白婧问邱明。

"我没有想好，因为什么都是未知的，不过我有同学都准备转业了。"

白婧说出了那个人的名字，邱明还有些惊讶："你怎么知道？看来上级领导还是消息灵通。"

"现在已经有人开始活动了。"白婧说，"如果我选择留下，你会选择什么？"

邱明感觉有电流经过自己的身体，过了半晌，他说了一个字："留。"

39

幸福小区的入住率越来越高，一到晚上，站在中队院子里都可以感受到小区里人丁兴旺，灯火辉煌，跳广场舞的大妈们占据了很多不同的阵地，经过小区会听见不同的扩音器里传出不同的音乐，有跳快节奏的，也有跳民族舞的，每个方阵都有了自己的领地，每个方阵穿着同样的舞蹈服。有几次出警，中队战士们都注意到不只是女人们跳舞，还有一些大爷们也在跳，甚至有一个方阵的领队就是一个秃顶的中年男人，他戴着手套跳得不比女人们差，刘帅跟其他人开玩笑说，等他老了，他也去跳广场舞，还要当领队，乔伟觉得有些好笑，调侃说："就你这五大三粗的体型还想去跳舞，你要是去跳的话，估计会把阿姨们吓跑吧。"

也有人更关注幸福小区的豪车，就在他们讨论豪车没几天，有一辆玛莎拉蒂停在了中队门口，从车上下来一个身材修长、长发飘飘的美女，她说有事情要找消防队帮忙，哨兵问她有什么事情，她说自己的猫爬上树下不来了，杜军刚好出警去了，邱明只好带队去处理。

邱明带了四个战士很快就把猫救了下来，等把猫递给女主人以后，女主人十分高兴，不过她从始至终一直盯着邱明，从在中队开始就没有移开过自己的眼睛，甚至当邱明和另一个士官去救猫的时候，她问树下的另外两个战士："你们那个领导叫什么？"

战士说："那是我们指导员，叫邱明。"

她接着问："他多大岁数啊？真棒，年轻有为啊。"

两个战士都笑了，不过没有回答她的问题，怕说多了指导员等下批评他们。

等邱明下来以后，她把猫放进自己的玛莎拉蒂以后，叫住了正准备离开的邱明："等等，我还有个问题。"

"什么问题？"

她伸出手："我叫聂小红，很高兴认识你，还有，非常感谢你们救了我的小花。"

邱明没有伸出手，他点点头，很礼貌地说："不用谢，这是我们应该做的。"

邱明没有想到的是，过了两天，聂小红又来到了中队，这一次，她没有开车来，而是走过来的，她手里还拿着锦旗，说要和中队的官兵们合影，杜军让邱明配合一下，也好在支队网上宣传一下，邱明有些不乐意，后来杜军只好跟着一起去了。合完影，聂小红又要参观中队的营区，邱明只好安排了一个士官陪同。可所有人都看出来了，聂小红其实想让邱明陪同，不过她没有泄气，一边跟那个士官参观，一边打听了很多邱明的消息。

聂小红在参观的时候，杜军跟邱明说："你啊你，真是让人家魂牵梦萦，你们家白婧知道了，可要发愁了。"

邱明说："你想多了吧，我是不会让白婧担心的。"

等快要走的时候，聂小红跟那个士官说，自己还有事要跟邱明请教一下，邱明不出来，说有事情要处理，聂小红就在中队外面一直等着，太阳很大，让她进去她也不肯，就撑了把太阳伞站在太阳底下，实在受不了了，就跑到中队旁边的小卖部去吹空调，然后又过来说要找邱明，哨兵只好又给中队办公室打电话。

就在邱明僵持着不肯出来时，一辆支队机关的车子来到了中队。

白婧从车子里探出头看了看门口的聂小红和哨兵，告诉哨兵说自己是政治处的干事，陪科长来办点事情。

邱明还想躲，可这下躲不掉了，关键是白婧也来了，要是白婧误会了那可就麻烦了，杜军听说白婧和科长一起到了中队，笑得合不拢嘴："谁让你不早点满足人家的要求，现在好了，等下我去陪科长，你好好把问题解决解决。"

邱明心想，反正是逃不掉了，自己也没做什么亏心事，但想到白婧心思细腻，又怕她误会，一时间还有些不知所措。

杜军陪科长在办公室谈工作的时候，邱明就来到门口找到聂小红，对她说："您这样我们真的很难办，会影响我们正常的工作秩序。"

"我不是来谈工作的啊，我是来谈私事的，我要找你。我知道你还没结婚，我想给你介绍一下我自己……"

"不用介绍了，我们都认识您了，您叫聂小红，家住幸福小区，如果以后有什么困难，需要消防队出动，请拨打 119。"

"他虽然没有结婚，可是他已经有女朋友了。"白婧不知道什么时候出现在门口。

原来白婧刚刚已经从其他人那里打听到了情况，她直接用手挽住邱明的胳膊，心想着聂小红这下应该知难而退了。

"有女朋友又怎么了，又没有结婚，请问您叫什么名字？"聂小红问白婧。

"我叫白婧，是邱明的女朋友。"

"白婧姐姐好，我叫聂小红，我想跟你来一个公平竞争。"

"竞争？"白婧和邱明都愣住了。

"我现在向你宣战，我们公平竞争邱明，愿赌服输。"

白婧没想到这女孩子还有些难缠："你这个小姑娘，怎么喜欢抢别人的男朋友？实话告诉你，我这辈子非邱明不嫁，到时候请你喝喜酒。"

"人家想不想娶你还不一定呢。"聂小红冷笑两声道。

白婧的脸唰的一下红了，她发现自己确实不应该这样说，不过想想也无所谓，反正她知道邱明喜欢的是自己。她不吭声拉着邱明往里走。聂小红继续说道："还有，什么叫抢？这都什么时代了，这叫公平竞争。"

白婧又扭过头，不服输地对聂小红说："争就争，谁怕谁啊。"

邱明打断他们俩："我反对，聂小红女士，我心里只有白婧，请不要在我身上浪费时间。"

"谁说这是浪费时间，我就是要竞争，你们不同意，我就天天来。"

说完，聂小红很潇洒地走了。

40

接连三个星期，金沙中队都有人来送锦旗。所有人都感觉之前盘旋在中队上方的阴霾一扫而光，现在他们每天面对的都是群众的赞誉和褒奖，甚至有些人开始飘飘然起来，出警的时候都有些盲目乐观，不像先前那么谨慎，甚至有一个司机开车的时候发生了小擦小碰的情况，之前从没有出现过，杜军把这一切都看在眼里。

上午训练开始前，杜军又走到队伍前面，让值班的班长先下去，他有话要说。杜军很少在课前讲什么，一般都是邱明和宁辉交代任务，大家看中队长要发话，都屏气凝神，以为有什么重大的消息要公布。

难道和改革有关吗？难道是又有像绩效考核这样的规定要出台了吗？有些人就开始惴惴不安起来。

近来大家也常常议论改革的事情，关于改革，中队的战士里流传了很多个版本的小道消息，有的说马上所有人都改成公安；有的说消防部队分两部分改，灭火的去武警部队，防火的去公安；还有的说要走国外消防那样的路子，就是专门成立一个消防的机构，只干消防，其他的都不管。

这些小道消息来源不一，在中队却掀起了轩然大波。

有的已经铁了心要离开，有这种想法的，很多都是外地来当兵的，他们怕一改革就回不了老家了，有些是早就有了出路，既然要改革，刚好促进了自己去重新开始，说不定可以走得更好更远；还有的就觉得改革好，改革了，不管是改成公安，还是改成专门的消防部门，即使不是部队，那也是终身制，就不用再担心要转不了士官就要退伍的事情；除了明确地想好要走或留的人，还有在观望的人，他们不知道到底是走好，还是留好，就想着要先观察观察，先看看情况再说，走一步是一步，反正要改革又不是自己一个人，没什么好担心的。

不过杜军讲的话，好像跟这些乌七八糟的想法完全没有关系，杜军首先就提到了这种想法，并给这种想法下了一个定义，那就是"乌七八糟"。

"最近关于改革的小道消息满天飞，我看你们肯定有很多乌七八糟的想法，有想法没什么，一个个都不是榆木疙瘩，能想想自己的出路也是对的，但是，"他把但是两个字说得很重，"首先，你们不是负责人，能够明确到底怎么改，所以你打听再多消息，在国家没有出台方案以前，都是小道消息；其次，有个情况你们要搞清楚，不管改革不改革，你们只要在这个中队一天，就要干好自己的本职工作。你们现在还拿着国家发的工资，没有理由不干工作，你问问瞿峰，企业里面是怎么发工资的，发工资是干什么的，给你发了多少工资，你就要提供多少价值，这是你们时时刻刻要牢记的。要说改革，我觉得我也挺担心的，我岁数不小了，还要养家糊口，不像你们很多人，一个人吃饱全家人不饿，关键是你们大多数都很年轻，除了刘帅这样跟我差不多大的，都是 90 后、00 后，你看看刘帅，他有没有沉不住气，人家还不是老老实实，本本分分。"刘帅听着听着就咧嘴笑了笑，不过他没笑出声，刘帅心里想着："老实，本分，还不是担心得跟什么似的，家里老婆还问我到底怎么办咧。"

杜军接着说："你们最近很是有点沉不住气，不过近来确实发生了很多事情，也取得了一些成绩，先是拿了比武第一名，再就是最近很多来送锦旗的，可是你们要清楚，成绩只能代表过去，将来怎么样，取决于你们现在怎么做，要是天天摸不清状况，盲目乐观，迟早要挨板子。"

所有人都感觉中队长好像在说他们自己，但又好像不是在说他们自己，感觉中队长确实是在总结现在的情况，每个人心中都存在多多少少的小心思。

"我不多说了，说多了估计你们也记不住，也不当回事，我只强调重点。第一，安全。你们最近有些飘了，具体出的事情我就不提了，但是从我讲完话开始，你们就要把安全这个问题时时刻刻牢记在心里。说到安全，首要的是个人防护问题，一定要注重细节，细节决定成败，小心驶得万年船，要互相提醒互相监督，干部提醒士官，士官提醒新兵，你们要搞清楚，安全做不好，出警的时候出了问题，搞不好，等不到改革你们就受伤了。还有司机一定要注意行车安全，天天看支队网上强调不要开霸王车、赌气车，不要把这个说在嘴上，要实实在在地做出来。"

"第二个问题，救人。时刻记住我们的出警，为的是什么，那就是救人第一，你们背的很多上级来考核的内容里都有这个，救人第一，但这不是为了应付上级检查，这是我们身为消防员必须要做好的事情，尤其是将来改革以后，我们的任务更多，挑战更大，要牢记我们就是为了救人，保护人民群众生命财产安全，如果有人员被困，那就是要做到从容应对，科学施救，如果有人员被困，一定要做到救人第一。"

队伍里所有人都听得全神贯注，鸦雀无声。

"第三，要正确看待人民群众的评价，不管是现场的群众还是事后来送锦旗或者来投诉的群众，你们要时刻保持清醒的头脑，相信自己的专业，做专业的事情，按规程操作，不要随意被别人左右，要搞清楚，好的评价或者坏的评价都是一阵子，但消防工作搞不好你们要干一辈子，要时刻保持心平气和，理性、客观。"

杜军没有继续讲，他说完就让班长组织大家训练去了，他讲的也不是什么大道理，但在所有人看来确实是用得上，也是理由十分充分的话。

41

　　彭大川来到施工地点，看到地上堆的一堆装修材料后，火气一下子就窜了起来，他心说，明明说好的要买什么什么样的，怎么偏偏跟他对着干呢？他掏出手机拨通了宁家栋的电话："你这个不行啊，宁老板，到时候验收过不了的，你今天有时间吗？过来我们商量商量。"

　　宁家栋还在和别人谈生意，听到彭大川这样一说，还有些不舒服，他跟谈生意的人说自己接个电话，就跑到一边对彭大川说："你给我装就是了，验收那是我的事情，你只负责装修。"

　　"到时候要是出了事情，我可担待不起啊。你要给我写个书面的东西才行。"彭大川说。

　　"你还想不想结账了？我问你，你到底想不想结账？"

　　"你这是想耍赖是吧？"彭大川有些火了，"你信不信我去公安局告你。"

　　"你去啊，你别以为我不知道你上次装修的那一家公司你从中做了什么手脚。我手上有证据。"

　　彭大川没话说了，不过他还是劝宁家栋："现在查的严，而且这东西都不符合规定，到时候要是发生火灾什么的，就麻烦了。"

　　宁家栋坚持要用这些材料装修，他没有说自己为什么这么有把握，他只是让彭大川放心，不会出事的。彭大川已经接了另一个活儿，也赶着要把这里干完，好去下一家开工。

　　高新区离主城区 15 千米左右，倒也不算远。武汉房价上涨以后，很多大房地产公司就把目光瞄准了高新区，这里的楼房如雨后春笋一样纷纷立了起来，不仅有高层，也有别墅区，随着入住率一路走高，两三家商场也相继入驻，一到周末，这里的人流量陡增，商场里人山人海，甚至比主城区还要热闹。宁家栋就是在一个商场旁边租下了一栋楼，准备做一个养生会所，装修他找的是朋友介绍的熟人。他好多朋友都是找彭大川装修，彭大川在武汉干装修干了二十多年，从住宅到门面，做事很细心，口碑不错。听别人说，他还是会找机会偷工减料，从中牟利，只是一些原则性的问题他能够把握住，这样才使得他财源滚滚，在装修圈子里混得风生水起。

他见过各种各样做生意的人，像宁家栋这种他还是第一次见到。不仅没几个钱，脾气还臭，关键是还喜欢要挟人，早知道不接他的活儿了。当初是宁家栋的老婆叶晓芬和他联系，请他帮忙，后来叶晓芬跑出去旅游，宁家栋就接手了。从那以后，他就时常跟宁家栋为了装修的事情吵架，宁家栋这个人十分固执，叶晓芬虽然是个滑头，可也会酌情分析实际情况，但宁家栋就是什么都是他说了算的感觉。

彭大川跟叶晓芬打电话："叶总，装修的材料一定要用符合规定的啊，我看宁老板买的都是没有经过阻燃处理的，到时候要是发生了火灾，可是要出事的。"

叶晓芬正在国外旅游，听到装修她就有些不耐烦地说："那你们商量着来啊，就用阻燃材料不就行了？"

"我说了啊，可是宁老板不听我的。"

叶晓芬给宁家栋打电话，说："我听老彭说，你装修材料买的有问题，这个不能马虎啊。"

宁家栋反驳道："买都买了，你知道我买的这些省了多少钱吗？而且现在就是退货，人家也不一定退啊，说得倒是容易，要不你回来装？"

叶晓芬不想跟他吵架："你这人，懒得跟你说。"

装修完成后，在验收阶段，宁家栋找到宁辉，让宁辉帮忙把高新区消防大队的大队长彭振宇约出来吃饭，宁辉有些不乐意。"爸，你就按规定程序来不就行了吗？为什么要把大队长喊出来？"

"让你喊你就喊，你这小子不听老子的话了是不是？"

宁辉倒不是不听话，他从没有怀疑过自己的父母，只是他怕喊不动彭振宇。

宁辉给彭振宇打电话之前再次跟他爸打电话："爸，你是不是没按要求还是怎么了？为什么要找人家？"

"你放心好了，我所有的一切都是按照规范来的，我不是想着我儿子是消防部队的人嘛，找找熟人，以后也好办事不是？"

"那好吧，我只给你们介绍，具体的事情，还是要看人家大队长怎么做。"

彭振宇最后还是被请动了，毕竟是一个小兄弟的父亲，怎么也要给个面子。

之后彭振宇和宁家栋之间又见过几次面，具体的事情，宁辉并不知情，他还私底下告诉过大队长："请大队长按照程序来，不要因为他是我爸就顾虑什么，我很了解他们的，有时候思想很顽固。"

彭振宇夸宁辉懂事，他让宁辉放心，自己会关照的，也会酌情考虑。

宁辉感觉彭振宇的态度有了很大的转变，一开始是有些排斥的，后来变得好说话了。宁辉察觉到以后又找到宁家栋："一定要按要求来啊，现在我们马上面临改革，是敏感时期，要是出了事情，到时候我的饭碗就保不住了，搞不好还影响我们同事。"

宁家栋说："你放心好了，等你爸我挣钱了，还不都是你的，你就这么不相信你爸？"

"相信，相信……"宁辉没话可说了。

一切手续完成，消防验收也合格以后，养生馆就营业了。一个月下来，宁家栋就赚了不少钱，他要给宁辉买辆车，宁辉不要，说现在也用不上，他还趁休息时间去养生馆看了看，所有的疏散指示标志、灭火器都是按照规定配置的，他甚至还给员工上了一堂灭火基础知识课，告诉他们灭火器怎么用，要是发生火灾了怎么组织疏散。宁家栋直夸儿子有本事，叶晓芬也夸宁辉懂事，让他好好工作。

宁家栋原本以为自己这辈子已经没有翻身的机会了，照这样下去，估计过不了一两年，他就又可以风风光光地过小日子了，他总算是有机会扬眉吐气了，到时候要给那些瞧不起自己的人看看。

42

杜军发现彭振宇和以前有些不一样了，到底哪里不一样，他也说不出来。彭振宇还是和以前一样该说话时说话，该发脾气时发脾气，该沉默时沉默，可总感觉不像之前的那个人了。这一天，杜军去找彭振宇汇报一些情况。

彭振宇以前只要是和杜军说话，都感觉他很用心，说的话也十分中肯，点的问题切中要害，杜军在彭振宇面前从来不刻意隐瞒什么，因为他感觉彭振宇从自己的眼神里都可以看出自己的心思，正是因为这种信任的感觉一直支撑着杜军渡过了很多难关。可这一天，他去向大队长汇报情况时，大队长明显有些心不在焉。心不在焉还可以理解，毕竟大队长每天有很多事情要操心，重要的是，彭振宇心不在焉却还装作很认真的样子，这不像是那个熟悉的大队长了。

尤其是杜军提到金沙中队营房有几个地方需要维修的时候，彭振宇有些不耐烦。杜军以为彭振宇会发火，批评他们平时不注意保护，现在要维修又要找大队要钱。彭振宇的不耐烦体现在他直接问杜军这个需要多少钱，什么时候能修好，而没有问具体是怎么回事儿。杜军还想跟大队长聊聊改革的事情，说一下中队战士们的思想动态，可彭振宇已经忙着接电话去了，他没有当着杜军的面接电话，而是让杜军回避一下。等接了几个电话，杜军要走的时候，彭振宇忽然又表现得很亲切，他问了杜军中队近来怎么样、有没有人调皮捣蛋等。杜军说了个大概情况，提到现在因为改革的消息满天飞，很多人确实有思想波动。

"有思想波动那是正常的，关键是看你们中队干部怎么做工作，能不能把底下这帮人管好，不要在关键时刻出乱子。"彭振宇说完点了一支烟，还问杜军抽不抽。

杜军笑着问他："大队长不是戒烟了吗？怎么又开始抽起来了？"

"还不是事情太多，最近压力大。"彭振宇说着已经开始吞云吐雾，房间里弥漫着烟雾。透过烟雾，杜军看见彭振宇的白头发越来越多了。

杜军想问问大队长怎么看改革的事情，不过彭振宇没有给他机会问。彭振宇抽了两口就把烟掐灭了，他问杜军："中队其他两个干部表现怎么样？"

"邱明和宁辉表现还比较正常，都是老样子，最近我们一直在聊天，他们对改革的事情看得也比较开，毕竟年轻，到哪里都是一样干。"

"宁辉这小伙子还不错，你觉得呢？"

"他很爱钻研业务，经常跟老班长讨论一些业务上的问题，就是有时候也会想法比较多，但又不愿意跟别人交流。"

"年轻人都是这样，你作为中队长要多开导，我看宁辉这小子还不错，要好好带。"

杜军点点头。

从大队长办公室出来，杜军的思绪有些乱，他还是第一次听大队长提到宁辉，第一次提到宁辉就让他多关照，这让杜军有些诧异。彭振宇一贯以来没有让人感觉他是一个喜欢利用自己的职位和权力做出逾矩事情的人。

杜军开车回中队的时候，接到了一个电话，是王磊打过来的。

"王大队好。"杜军笑着说。

"你少调戏我了，都跟你说了我是大队不带长。"王磊也是一副很轻松的感觉，他这人很少有什么心事，就是有心事也早就跟杜军吐槽了。

"怎么，有什么指示吗？"

"我哪敢指示你啊。"王磊说，"我发现了一个问题，一个十分严重的问题。"

"什么问题？赶紧说。"

"我们说了很多次要一起吃饭，已经说了无数次了，结果都没有吃过，你说可笑不可笑？"

"这有什么可笑的。"

"是你太虚伪，还是我太忙？"

杜军被王磊逗乐了："为什么不能反过来，是我太忙，还是你太虚伪？"

"好吧，不管怎么样，我们都已经达成了共识，那就是我们两个人中间，一定有一个人太虚伪，有一个人太忙。"

"你能不能切入主题了？我都快到中队了。"杜军一边开车一边说。

"你的车载蓝牙效果不错啊，我都没感觉出来你在开车。你刚才去哪里了？"

"去大队找大队长汇报工作。"

"刚好，我要跟你说的事情就跟你们的大队长有关，你听说了没有？他报的自主择业，上面没有批，好像整个人挺郁闷的。你没有发现吗？"

"什么？他要自主择业？我去他办公室的时候他还好好的啊，没听他提起来过。"

"那肯定啊，上面跟他做工作，说是自主择业名额不够，要他转业或者继续留下来。他开始也以为名额真的不够，后来一打听，名额确实不够，关键的问题是几个报自主择业的就他没批，刚好多报一个人出来。"

"还有这回事？要是这样，那肯定心理不平衡啊。"

"那可不，搁谁身上都不舒服。现在人家给他做工作，让他要么转业，要么就继续好好干，你说他经过这一弄，还有什么激情好好工作？"

"难怪我感觉他跟以前不一样了。"

"你说现在要改革了，真的是人心惶惶，就我这样的，反而一身轻松，反正跟我没啥关系，就是听他们说，以后在大队干就危险了。"

"危险？在大队干还危险？你们要出警还是怎么了？"杜军觉得好笑。

"杜队长啊杜队长，你是不是在中队待苕了，你是真苕还是装出来的？"王磊继续调侃着。

　　"我是真苕啊，我苕脱了节……"杜军想起王筱澜有时候骂人喜欢用这句话，这可能是武汉特色吧。

　　"哈哈哈，你要把我笑死了……"王磊笑得合不拢嘴，过了一会儿，他喘过气来后说："以前在大队，因为我们是部队体制，和地方是两条线。部队就像是一把保护伞，以后脱了军装，这把保护伞就没有了，你说是不是那些不老实的就危险了？当然了，像我这样风清气正的好干部是没有任何影响的。"

第八章　奉献

43

杜军回到中队的时候，上午的操课刚刚结束。几个战士正在整理器材，他们把用过的拉梯收好后准备往库房里搬。宁辉就在一个花坛边四处转悠，额头上还挂满了汗水，他用作训服的袖子揩了揩额头，汗水擦净后，脸颊还泛着红光。

夏天已经走到了尽头，但知了还是用尽最后的力气在声嘶呐喊，也不知道这些知了是热爱夏天还是从内心里抵触酷热的天气。

杜军没有上楼，他来到宁辉身边，坐在了花坛边上，宁辉顺势也坐了下来，他们都没有急着去开口说什么，最后还是宁辉打破了沉默："一上午过得挺快啊，好像训练起来时间就过得特别快，最怕这种热天气，不过感觉热不了多久了一样。"

杜军扭头看了看宁辉，很平淡地说："上午去找大队长汇报了几个事情，二楼那个墙面、还有三楼卫生间的那个水池子的维修事情，还以为大队长要发脾气，没想到他倒是特爽快地批准了。"

"估计是有其他的事情要忙吧，这种小事情，他对你放心，所以就没有多说什么。"宁辉笑着说。

"你有没有想过改革对我们的影响？"杜军忽然转换话题，让宁辉一时有些惊讶。

"影响肯定有，不过不是一时半会儿会显示出来的，而且在历史的潮流里，我们自己的感受其实非常渺小。"宁辉侃侃而谈，杜军听到他说出"历史的潮流"时，面露笑意。

"所以，既然我们无法去改变这种进程，就只能在不断地学习和反思中、在干好自己的本职工作的前提下不断摸索，不断适应。"

"中队长，这个话题好沉重啊……我的脑细胞有点不够用。"宁辉不希望气氛变得如此沉重，而且他和中队长两个人这样讨论下去也不会有什么结果，与其如此，不如换个话题。

"倒也是，可能我有点不在状态。对了，你家里怎么样？以前还经常听你说起叔叔阿姨的事情，现在很少提起来了。他们都还好吧？"

"他们……"宁辉忽然想到了一些什么，可是瞬间，他好像把嘴边的话咽了下去一样："他们都挺好的，现在都在武汉，忙着做生意。有时候给他们打电话，感觉他们都没有太多闲工夫和我聊天。"

"做生意是这样的，有很多事情要处理，尤其是有很多关系要打理，不比我们轻松。"杜军想到王筱澜的父母时常忙碌时的情景。

宁辉想到一件事情，如果他把自己的父母和大队长私底下有接触的事情告诉杜军的话，杜军会怎么说呢？但是他第一时间就否定了自己的想法，自己父母的事情绝不可以告诉别人。可是不管从哪个角度想，宁辉总感觉父母和彭振宇的接触有些不妥，到底哪里不妥，他也说不出来。

杜军问了一个问题："大队长是不是最近和以前不一样了？"

宁辉再次显得有些惊讶，他觉得中队长以前是很少和自己说话的，尤其是一些很私人的话题，都是自己主动说出来的，现在忽然问自己大队长怎么样，自己怎么好说呢？

"大队长……我接触不是太多，没感觉他有什么变化，我一直觉得他是一个很有责任心的人。"宁辉思考片刻后回答道。

"大队长确实很有责任心，可是大队长最近也遇到一些事情。"杜军还想说大队长变了之类的话，可是感觉仅仅凭一些口说无凭的事情，不足以下论断，而且他自主择业没批的事情也是从王磊那里听来的，这个真的不好说。

"会不会跟改革有关系？难道大队长也想转业？"

"反正有影响，具体是什么，我不是太清楚，今天去找他，感觉他的态度和以前不太一样。"

"那还真有可能，像我这样的小喽啰有时候都有些心不在焉，更何况大队长那个级别的？"宁辉尴尬地冲杜军笑了笑。

"慢慢就会好起来的，真希望这一段儿赶紧过去啊。"杜军说完长叹一口气。

宁辉那天又和自己的父母通了电话，父母好像心情不错，可能和生意有关系，母亲还问他要不要请同事到会所去免费体验一次，宁辉说影响不好，而且确实没有时间。母亲用有些责难的语气说："做人就是要会搞关系，不能总是死脑筋，要会变通，儿子啊，你知道那时候你外公是怎么从厂长的位置上下来的吗？不就是因为不会搞关系？"

宁辉知道母亲一提到外公就会滔滔不绝，他没有给母亲继续回忆那段惨痛历史的机会，接话说："那要不，我改天问问我们中队长和指导员？"

"对对对，就是这样，要跟你的同事都搞好关系，团结就是力量。你就是要搞好团结，要把身边的同事，你的上级、你的下级都团结起来，听到没有？"

"我尽量吧……"宁辉没想到说到团结，母亲也能口若悬河。

不过当他跟杜军和邱明提起要到会所去体验一下的时候，杜军和邱明的反映再次验证了自己的设想。杜军对这个并不感冒："你嫂子倒是偶尔去这种地方，我从来不去，一想到要去浪费很多时间，我就良心不安。"宁辉竟无言以对。

邱明的反映稍微温和点："我真的很想去，不过不是去体验，关键是看看叔叔阿姨，主要吧，就是怕给他们添麻烦，不过你放心，我有时间一定会去的。"他看宁辉一副不太相信的表情，接着说道："我可以喊别人一起吗？"他说的别人应该是白婧，宁辉点点头。不过宁辉明白了，他们是不会去的。

44

王筱澜来到中队门口，告诉哨兵她要找杜军，站岗的新兵并不知道她是中队长的妻子。

她穿着一身很朴素的连衣裙，肩上挎着一个不大的单肩包，手里拎着一袋水蜜桃。杜军喜欢吃水蜜桃。

来之前，她没有告诉杜军自己要过来。这天是周四，她到中队附近办事，赶回去估计单位也下班了，就想着到中队看看杜军以后再回家。

哨兵登记了她的信息以后，就给中队干部办公室打了电话，不一会儿邱明出来了。

邱明一边领着她往里走，一边跟她说起话来。王筱澜直接问他："怎么好意思让你出来接我，杜军自己干吗去了？我知道这里怎么走，之前来过的。"

邱明哈哈笑着说："嫂子好不容易来一次，当然要欢迎一下，就是杜队刚出警去了，还没有回来。"

"我没打他电话，我以为他在中队。"王筱澜说着把水蜜桃递给邱明，"这样吧，我不等他了，回去还要写份材料，就是顺路过来看看，这桃子你们拿着吃吧，太重了，没买多。"

"这已经很多了。"邱明说着就拿出一个啃了一口，一边夸着桃子很甜。

"要洗啊，你不知道现在水果都打农药的吗？桃子最好削皮。"王筱澜被斯斯文文的邱明逗乐了。

"哎，没事儿，不干不净吃了没病。"

王筱澜离开以后，邱明就给杜军打电话，问他回来没有，杜军已经处理完一起民房火灾，正在返回的路上。他告诉杜军王筱澜来过的事情，杜军没说什么，不过邱明听出杜军有些失落："嫂子给你拿的桃子，我和宁队一人吃了一个，其他的都放在你的寝室里面，特此报告。"

"你们吃啊，还报告。"挂了电话杜军想着给王筱澜打电话问下怎么了，不过想着身边还有很多人就没好意思打。

他给王筱澜发了条消息：刚出完警，正在往中队赶，听说你去过中队了，没有见到你，很伤心。

王筱澜回复：顺路过去看看，谁知道不凑巧，等周末再见面，好好上班。

杜军回复了一个敬礼的表情。

王筱澜还想继续跟杜军发消息聊一聊，吐槽一下她白天办事的时候遇到的奇葩的人和事情，不过她的计划被一个电话打乱了。

"在忙什么？好久没联系了。"电话里传来一个熟悉声音，王筱澜的心又掀起了波澜。

"听出来我是谁吗？我……"

那个人还没有说完，王筱澜就冷冷地打断了他："你怎么有我这个号码？"

不过那人并没有被王筱澜的冷言冷语伤到，继续说："如果想知道总有办法的，我就在你家楼下，之前你留在我那里的几个东西我找到了。"

王筱澜有些惊讶，没想到已经过去这么多年，那人还在用大学时的方法来对她。

"那些东西我不需要了，你走吧。"王筱澜说着已经挂了电话。她站在窗帘后面，看着楼下那个挺拔的身影在梧桐树下来回踱步，之后点燃一支烟，等烟抽完以后，那人就钻进一辆轿车慢悠悠地开走了。

王筱澜不知道为什么会心烦意乱，这个时候要是有人能说说话多好啊。可是跟杜军说，肯定不太合适；跟父母说怕是也开不了口；要是放在以前，倒是可以跟闺蜜说，但现在因为之前几次聊天聊得不愉快，她跟闺蜜已经划清了界限。她在屋子里变得焦躁不安起来，原本还觉得空荡荡的屋子现在也变得拥挤不堪，她从书房走到卧室，又从卧室走到客厅，脑子里冒出来各种各样稀奇古怪的想法。最后还是忍不住给杜军打了个电话。

"今天领导安排我去街道办找那里的负责人取文件，之前领导跟他说好的，我以为是很简单的事情，结果去了以后发现那里的负责人从一开始就在想方设法地为难我，先是要我填什么登记表，然后又是让我去窗口找工作人员按照工作流程来，后来我就把我遇到的情况告诉我们领导，领导说不着急，就按照他说的来处理。当我处理得差不多的时候，一个同事给我打电话告诉我，原来我们领导跟那里的负责人曾经因为一些事情闹得不开心，所以这一次我就成了代罪羔羊，本来如果我们领导按照事先约定好的直接去找人家就没有这么麻烦，但是我们领导没去，人家肯定有想法，所以就浪费了很多时间。"

杜军说："这其实还好，毕竟不是针对你的，要是故意针对你的，肯定会更不好办，不过工作是工作，不要因为工作影响生活嘛。"

"你什么时候也会说宽慰人的话了？听起来好不习惯啊。"王筱澜一时还有些没适应过来。

"这样不是挺好的嘛，人有时候需要鼓励，有时候需要宽慰，当然这个要分时候的。"杜军说着已经自顾自地笑了起来。

王筱澜心里稍微好受点了，但让她困惑的另一件事情又隐约觉得说出来不好，最后终于没有说出口。

自从连着流了两次，夫妻两个人的心上都多少有了疙瘩，王筱澜渐渐察觉到这种疙瘩不是一时半会儿能解开的。现在的问题是，只要她肯面对这种疙瘩，直面，而不是逃避，就会感觉那种疙瘩即使存在也不会影响什么，但是问题的关键在于，她常常处于不敢面对任何疙瘩的状态。

她是一个十分害怕幻灭感的人，究其根本是一个希望一直活在自己幻想的美好世界里的人。

王筱澜不是不相信美好，曾经她以为自己可以一直活在美好里，可是她经历的一些事情让她明白过来，美好并不长久，甚至会在人的心上割下更大的伤口。

事情都是往一起赶的，就在王筱澜沉浸在自己的幻想世界里的时候，有人用钥匙打开了她的家门。她和杜军家的钥匙除了小两口以外，还有他们的父母也有。

她从床上爬起来走到门口一看，是她的母亲蒋秀芬。

蒋秀芬进门换了鞋以后，看见王筱澜从卧室里走出来，说了一句让人感觉她已经住在这个屋子里的一句话："走路声音这么轻，吓我一跳。"

"你怎么这么晚还过来，我都准备睡觉了。"王筱澜确实看起来睡眼惺忪，头发也乱蓬蓬的，有几根还支棱着，像枯树枝一样。

蒋秀芬倒是没有客套，她走到客厅自己倒了一杯水，喝了一口以后，说："我来是有急事。"

"急事？"

原来她自己弄的一个投资现在出了问题，资金周转不过来，需要人帮忙，估计二三十万元就可以了，但是她不想惊动王筱澜的父亲，家里的钱都在他父亲手上，上半年家里又开了新项目，基本上所有的钱都投进去不说，还从银行贷了很多款。

"你怎么不跟我爸商量就乱来？"王筱澜听了大概以后，感觉一阵发晕，没想到她一直以为很精明的母亲居然会出这种纰漏。

"哎呀，我就是太相信你舅舅了，他去年在这个项目上面赚了不少，我就想着一起沾沾光，谁知道今年出问题了。"

"那你去找你哥帮忙啊，让他负责。"

"我找过啊……唉……"

"不行，我要给我爸打电话。"王筱澜说着就去卧室找手机，蒋秀芬一个箭步跟上去拉住了她："你爸要是知道，估计家里要翻天了，他自己那摊子事儿都没理顺呢。"

"那你怎么知道这次投进去了就可以回本呢？要是回不来怎么办？"

"那倒不至于，毕竟是从正规单位那里拿的项目，肯定是不会亏的，现在只是因为政策变了，出现了一些问题。"

45

杜军一大早听到手机短信提示音还以为是垃圾短信，之后不多久他接到了王筱澜的电话。王筱澜把他们共同存下的十五万元钱全部打给了蒋秀芬，还让杜军一定要保密，不要告诉任何人，蒋秀芬承诺很快就可以还给他们。

杜军有些惊讶："这么大的事情为什么不事先商量一下？"

杜军的语气其实是很平静的，倒是王筱澜有些激动："不就十五万元吗？什么叫这么大的事情，那可是我妈啊。"

"我们总共才存了十五万元，那是应急的钱，我没说不能帮你妈，你妈也是我妈不是吗？"

"你少说这种言不由衷的话，你把她当成你妈，你还会这么激动吗？"

"到底是谁激动？我只是说钱可以拿着用，但是为什么用之前不商量，都拿出去了才告诉我。我说得很过分吗？"

"那行吧，我再想办法，我把你的钱还给你。"说完王筱澜就挂了电话。

王筱澜认识很多有钱人家的子弟，所以要借到十五万元并不难，可是她一旦那样做了，也就意味着她故意用这种行为刺激杜军。当时她选择杜军，不是没有人劝过她要考虑一下经济条件，可她从小见识那么多做生意的人，有些是真的有钱，这种是极少数，大多数人都是贷款，最后难免拆东墙补西墙，还要一直打肿脸充胖子，过得十分艰辛，所以她选择职业的时候也选择了稳定的职业，这在她看来都是最符合自己的理想的选择，虽然婚后他们夫妻俩的工资仅仅够维持基本的生活，可是不去买昂贵的化妆品和奢侈品，也可以存下一些，她一直以为自己选择了一种对的生活，可是当真的出现情况时，她忽然意识到，如果自己真的有钱，还会在乎那十五万元吗？十五万元，她考上大学那一年她母亲给她的零花钱都有七八万元，现在母亲有困难了，怎么能不帮忙呢？

这样想着，她开始埋怨自己为了自己的安逸，忽略了父母也难免有需要帮衬的时候。当然了，她也埋怨杜军，每天忙着救人于水火，但是自己家里有事情以后，他又能做什么呢？他除了责怪，还能变出很多钱来吗？

王筱澜下班之前约了几个以前的发小吃饭，这些人现在都在从商，她之前利用工作便利给他们帮过忙。下班以后准备到门口打车的时候，她看见一辆银色的保时捷停在了身边。车窗摇下来的瞬间，她再次看见了那张刻在她脑海深处的脸，这张脸曾经就像一个伤口一样，随时都能流出汩汩的鲜血，之后经过了几年的自我疗愈，她已经渐渐淡忘了那种疼痛的感觉，可是她始终还是有些发怵的，她害怕回忆那些不堪回首的过往。

"要去哪里？我送你。"那人悠悠地说着。

王筱澜感觉他这样出现在单位门口，影响十分不好："你赶紧走吧，别人看到了不好。"

"那就赶紧上车，不然我就一直跟着你。"

王筱澜知道他一定做得出来。

她犹豫了一下，看着周围路过的同事投过来异样的目光，拉开了副驾驶的车门。

"我想抽支烟。介意吗？"他问王筱澜，目光里闪烁着一些异样的光芒，十分撩人又适可而止。

王筱澜不允许杜军抽烟，但是她并不介意别人抽烟，和她一个办公室的另一个同事也抽烟。每次那个同事抽烟，她都会借故躲出去，后来那同事就很少在办公室抽烟了，后来武汉市搞作风整训，办公场所禁烟，那人就再也没有在办公室抽烟了。她心情

有些乱，心想着抽就抽吧，反正我等下就下车。但她发现自己说
出来的是："最近嗓子不舒服。"

他把烟放回手套箱，嘴角往上扬了扬。

音箱里传出唐妮·布莱斯顿（Toni Braxton）的《别伤
我心》。

> 别让我在痛苦中
> 别让我在风雨里
> 回来吧，带回我的微笑
> 带走这些泪水
> 我需要你的手臂抱着我
> 夜晚是这么的无情
> 请带回那些我俩偎依的夜晚。
> 抚平我的心
> 再说你爱我

"可以换首歌吗？"王筱澜去找按钮，可慌乱中她不知道该
按哪个按键，如果杜军放了她不喜欢的歌，她会直接去按那个按
键，杜军也不会在意，有时候她觉得自己有些突兀，就去搜寻杜
军的表情，杜军只是微笑着回应她。

这首歌是她读大学时最爱的一首歌，有一次她和他吵架了，
她在他的车上听着这首歌和他抱头痛哭，她以为自己已经忘记
了，可是当旋律响起，一切都没有消失，瞬间又回到眼前，仿佛
发生在昨天。

"你还是老样子啊，一点都没变。"他看了王筱澜一眼，顺
手关了播放器，车子里的气氛变得有些紧张。

"你能借我点钱吗？"王筱澜不知道自己是怎么开口说出的

这句话的，她有些震惊，或许是希望他拒绝，然后她就有理由发脾气然后借势溜掉吧。

他倒是很平静，盯着红灯没有太多犹豫，随口回答："多少？"

"十五万元。"王筱澜其实想说的是算了，可是她不知道自己怎么了。

"没问题。"说着，他从身边的手包里拿出一张卡，你去取吧，这上面估计有十六七万元，密码是你的生日。

"你不问我为什么要借钱，不问我什么时候还你，就这样借给我？"

"只要我愿意，就没必要问。"

哦，对了，他曾经对她说过一句话，这个世界上没有事情是值得或者不值得，只有愿意或者不愿意。王筱澜想起来了。

可当时结婚的时候，当蒋秀芬找到他的母亲，提出女方要彩礼五十万另外加一套房的时候，为什么他没有这么爽快呢？为什么他的母亲会因为这个死活都要拆散他们呢？尤其是他，当初丝毫没有让步的意思，她一直问他：你到底是不是爱我？而他当时并没有回答，直到他们分手的那一天，他才反问她：你觉得你现在做的事情都是对的吗？为什么明明知道你的父母做得不对，你还要站在你父母那边？

王筱澜瘫坐在副驾驶上，往事一幕幕浮上心头。

她有些内疚，但她不知道因为什么。原来年轻的时候真的会做很多错误的决定，原来不是所有人都会越活越聪明，反而越活越糊涂啊。

46

邱明是在熄灯后敲开杜军的房门的。

晚上吃饭的时候邱明就发现杜军有些不大乐意说话，这一点不像他平时的样子。邱明感觉杜军的反常一定和家里的事情有关系，可邱明也知道，如果他开口问杜军，杜军肯定什么也不会说。

杜军躺在床上，开着台灯，眼睛盯着天花板发呆。邱明知道自己不能贸然问杜军什么问题，那样会让杜军更烦躁。

"宁辉刚又在说他妈一定要喊我们去他们家的会所体验体验。我反正对这种东西没有概念，白婧估计也不喜欢去那种地方，不知道你和嫂子要不要去看看。"

杜军翻个身坐了起来，端起床头柜上的杯子咕咚咕咚喝了两口水："那不太好吧，说不定他父母只是随口说说。"

"关键是在我们大队的辖区里面，虽然离高新中队近一点，可是我们这里去那里也不算远。"

"指导员，我感觉你好像要说的不是这个，你有没有发现你经常顾左右而言他的时候，就跟要讲故事一样？"

邱明感觉自己确实已经不能继续绕弯子了："我听说，他爸妈的会所开业的时候找过大队长，后来跟宁队聊天也无意间听说，他们确实有交集。"

杜军忽然想起一些什么，不过他没有说出来："那宁队有没有跟你说过别的什么？"

"那倒没有。"

可杜军感觉邱明又一次说谎了："要是他还说过别的什么，你也多担待着点，毕竟咱们在一个中队，有时候我感觉我就是太粗心大意了，所以导致他还有你，有很多话都不愿意跟我说。"

　　"怎么会呢？我可是有什么都告诉你了，我在你面前就没有什么秘密。"

　　"你还记得咱们第一次见面的时候吗？就是在支队的那一次，你和宁辉先到的，你知道我当时怎么想吗？"

　　"都过去这么久了，你还记得？你这样说，让我感觉不像你的一贯作风啊。"

　　杜军没有被他打断，继续说道："如果当时先遇到你的是我，或者先遇到宁辉的是我，那你们中的一个会不会跟我走得比现在更近一些？"

　　邱明不知道为什么会被这句话打动了："你这样说，我有些惭愧啊，其实我一直把你和宁辉当成亲兄弟一样来看待，我不会偏心谁啊，手心手背都是肉。"

　　"我们这一天天的，节奏太快了，有时候我会怀疑自己是不是没有处理好很多事情，甚至没有仔细考虑所有人到底需要什么，有时候会感觉有些遗憾。"

　　邱明再次感觉心头一紧，他从不曾想到一向大大咧咧的中队长也有这么感性的时候，关键是他这种感性是那么纯粹和干净。

　　"有句话不知道当问不当问。"邱明本来不准备问，可杜军的话让他忍不住想要一探究竟。

　　"但说无妨。"杜军像古装电视剧里的人一样做了一个手势。

　　"你今天是不是遇到什么事情了，我感觉你今天跟以前不太一样。"邱明说。

　　杜军皱了皱眉头，像是又想起了什么不开心的事情，就在邱明准备就此打住的时候，杜军问了他一个问题："你觉得我是不是一个很狭隘的人？"

　　"不是。"邱明回答得很干脆。

"可为什么我总是会让人误以为我很狭隘。"杜军说。

"我从来没有这样想过，你到底遇到什么事情了？说出来听听，我好歹也考过心理咨询师。"

杜军很勉强地笑了笑，说："只要你们不这么以为就好，我们每天都在一起，你这么说我就放心了。"

邱明猜到肯定是和家里的事情有关系，不过他看出杜军不愿意提起来，就没有继续追问。

从杜军的寝室出来之前，他说："等你想说的时候，记得告诉我啊，我们也是你坚强的后盾不是吗？"

杜军冲他笑了笑，没有说话。

47

聂小红带着几个装修工人来到中队的时候，邱明还不在中队。杜军是在中队旁边的一个建材市场随便找的一家装修工作室，他问了价格，又咨询了大队一个参谋，最后得出的结论是这里的报价比较合理。他先前跟大队长彭振宇报告这件事情以后，彭振宇就让他自己找人修，然后把发票拿到大队报销。既然要修，那就要一次性到位，不能选一家不靠谱的，到时候出了问题又要去找大队，那时就麻烦了。

杜军看到聂小红的时候，还觉得有些好笑，他告诉聂小红，邱明带队出警去了，顺便想要从聂小红那里问清楚，她来中队到底是干吗。

"您放心好了，我肯定选最好的材料给你们修，我手底下的装修公司不少，没想到能到你们单位来服务，这是我们的荣幸。"

杜军还是有些不放心，觉得这个女孩子多少是抱着其他目的来到中队的。就在杜军有些犹豫的时候，那几个装修工人里看上去最像领导的告诉杜军，他们聂总很少亲自出面，来之前千叮咛万嘱咐一定要服务好。

"如果不是太费力的话，就不需要你们出钱了，这点事情，就当是我们给我们公司打的广告，以后有大的项目一定要找我啊。"聂小红一本正经的样子并不像是在开玩笑。

杜军有些拿不定主意，宁辉建议，要不就让他们先弄，如果不符合要求再找其他人，他爸妈也认识装修公司的人。杜军倒没有太大怀疑，他觉得聂小红也不至于在这种小项目上耍花样，但她的目的肯定不是来装修而是借故接近邱明。

工人们开始动工以后，聂小红就在现场一直盯着他们动手，很负责的样子。宁辉看她这么卖力，故意开她玩笑："聂老板，要不您先回去吧，这里有他们，我看也不会出问题，这些师傅挺负责的。"

聂小红把宁辉拉到一边说："这几个师傅都是我亲自挑的，都是手艺最好的，不过这些事情，还是要有人盯着，不然到时候你们不满意我心里也过不去啊。"宁辉还没有想好怎么回她，她接着问道："怎么邱明还没有回来？"

"火灾已经处理完了，正在赶回来的路上。邱指导员要是知道您这么费心，他会不好意思的。"

聂小红听出来宁辉是在开她玩笑，不过她一点没有被那玩笑吓到："这有什么不好意思的，我这是心甘情愿的，又不是干什么非法的事情，能给消防队服务多光荣啊，你说是吧。"

邱明回到中队以后并没有直接去跟聂小红打招呼，他早就在回来的路上就听说了事情的经过。心想着，这小丫头片子还有两把刷子，这种事情都能找到机会钻到消防队里面来，真是厉害。

不过就在他躲在中队办公室看电脑的时候，聂小红已经神不知鬼不觉地跑到门口了，她敲了敲门，邱明没有反应，聂小红又扯着嗓子喊他名字，他终于招架不住从座位上站起来："聂老板，真是神通广大，还不知道你是干装修的。"

"为了挣口饭吃，什么都要干点不是吗？对了，为什么每次给你发消息，你都不回我？"

邱明摆出一副不知情的样子："你发过消息吗？"

就在他这样说着的时候，电话已经响了。他掏出一看，是一个陌生的号码。

"不用看了，是我的电话，我还以为你换电话号码了呢。"

邱明觉得有些尴尬，不过很快就恢复了镇定："聂老板，我女朋友白婧昨天还跟我提起你，说你年纪轻轻就这么能干，将来一定能找到很优秀的男朋友。要不我给你介绍一个？"

"我不找男朋友，我有喜欢的人了。"聂小红一副无所谓的样子。

"我在书上看过一句话：你喜欢别人，别人也喜欢你，那叫喜欢，你喜欢别人，别人不喜欢你，那叫自作多情。"邱明说着观察了一下聂小红的脸色，怕自己说得太重。

"可我也看过一本书，叫《一个陌生女人的来信》，是奥地利作家茨威格写的，我不知道你看过没有，真正的喜欢，就是不管你喜不喜欢我，我都喜欢你，我喜欢你，与你无关。"

就在邱明不知道怎么接话的时候，杜军不知道什么时候从楼道里走了过来，说："你们在讨论什么，我好像听到，喜欢，不喜欢的，你说你们累不累，天天讨论这些有的没的。邱指导，你要注意影响啊，要是被战士们听到了可不好。"

聂小红吐了吐舌头，说："不是邱指导员要讨论，是我说起来的，我们在讨论文学，研究文学可以陶冶情操。"

杜军还想跟她理论几句，聂小红已经找了借口走开了。

"你不会怪我要让她来吧，我也不知道她怎么就出现在这里了，但好像他们做事情挺认真的，不信你去看。"

邱明摇了摇头，一副无可奈何的表情。

48

蒋秀芬一连好几天都没有看见丈夫王志强。几天以前，王筱澜找到王志强，把蒋秀芬私底下搞投资的时候告诉了王志强，王志强和蒋秀芬大吵一架之后就失踪了。王筱澜还把蒋秀芬从她那里借钱的事情也告诉了王志强，王志强从自己账上划了十五万给王筱澜。王志强警告蒋秀芬，不要算计女儿的钱，女儿女婿就那点死工资，攒点钱不容易。蒋秀芬一开始还有些埋怨王筱澜，王筱澜倒是三天两头回家看她，就算自己没有给王筱澜好脸色看，王筱澜也没有耍小孩子脾气跟她闹别扭。过了几天，她就想明白了，这件事情不能怪任何人，现在问题已经解决了，听蒋秀芬的哥哥说很快就有收益了，估计再等等就可以回本，她终于松了口气。

通过这次的事情，她发现，怪就怪自己以前懒，不愿意多花精力管家里的账，而且花钱大手大脚，等自己需要钱的时候只能到处求人。她跟王筱澜说，自己以后还是要开源节流。王筱澜反问她，一个享受惯了的人怎么开源节流？她仔细想想是很难，可总有办法的不是。

王筱澜那天并没有拿走师兄给她的银行卡，她按照之前的约定去见了发小，也没有跟他们提起要借钱的事情。等吃完饭，她打车去找到了王志强，把事情的来龙去脉都告诉了王志强。

一连几天她都恍恍惚惚的，师兄后来又跟她打过电话约她出

YUNYIZHIYUE
云翳之约

去，她拒绝了。她无时无刻不在回忆之前发生的事情，回忆她读大学时的感情，回忆她和杜军之间发生的事情。一开始，她觉得师兄是不应该出现的，尤其是在这种时候，让她多了很多烦恼，但冷静下来以后，她发现如果不是师兄出现，她可能就不敢回忆被她深埋在心底的那些伤心往事。如果不愿意面对自己的曾经，就没有办法解决现在出现的很多问题。因为很多现在的行为，都是因为曾经出现的问题让我们产生了防御机制，也可能是逃避机制。

她是一个喜欢活在幻想世界里的人，可是当她鼓起勇气面对现实的时候，她发现自己现在应该做的不是再次逃避。她经过几天的纠结之后，仿佛瞬间顿悟了一样。

那天下班以后，师兄再次出现在单位附近，不过这次他没有开着他的保时捷。王筱澜带他去了金沙中队，他们没有进去，出租车在离中队一千米远的地方停下了，王筱澜和师兄走下车以后，她指着中队门口亮着灯的岗亭告诉师兄，她的丈夫就在那里上班，她当初和师兄分手以后，就是在万念俱灰的时候认识了丈夫，曾经以为自己已经没有办法喜欢上任何人的她，在遇到杜军以后，奇迹般地敞开了心扉，如果不是杜军，她可能再也不会相信爱情了，当她发现自己开始喜欢杜军的时候，她的伤被神奇地治愈了。

"以前我不敢回想我们之间的感情，那是因为你曾经刚好符合我所有的幻想，可是幻想破灭之后，我发现自己被伤得很彻底，但我不怪你，我从那段经历里学到了很多东西，只是我已经不再是以前的我了，如果不是你出现，可能我还没有意识到，原来结婚以后我同样犯着以前的错误，我不希望自己再错一次。"

当杜军知道事情已经解决的时候，他还想跟王筱澜解释一下自己并不是不愿意帮忙，只是王筱澜没有给他解释的机会，王筱澜告诉杜军，自己说的话是重了些，不过她以后会注意的。王筱澜没有继续和他讨论这件事情，她迷上了一本菜谱，觉得里面的很多菜都很好吃，不过她忙活了很长时间做出来的菜，杜军发现不是咸了，就是太甜了，两个人都觉得好笑，最后只好又出门去找东西吃。

杜军前一脚离开金沙中队，聂小红紧跟着就和几个工人来到了中队，维修作业很快就要结束了，只剩下收尾的工作。

这一天是阴天，看不见云，天空是灰色的，光线很暗，几阵风吹走了炎热，穿着短袖感觉气候宜人。邱明看到聂小红到中队，没有表现出任何态度，聂小红看见邱明，也没有表现出任何多余的热情。

战士们在上午的车操结束以后，就躲进电子阅览室去玩电脑去了。刚好下起了一阵雨，邱明被雨声吸引来到中队二楼的阳台上看着雨肆无忌惮地落下，啪嗒啪嗒拍打着中队院子里的白杨树和草坪，空气中弥漫着泥土和树叶的清香。

聂小红不知道什么时候也站在离他不远的地方盯着窗外的雨发呆，邱明其实是想要走开的，可是他没有，他一再地表现出对这个女孩子的抗拒，事后回想起来总是惭愧，别人毕竟没有做过任何出格的事情，喜欢一个人能有什么错，不敢表达自己的喜欢才是最大的错误吧。

他就那样静静地站在屋檐下，聂小红双手撑住脑袋，不知道在看什么，她也没有像以前那样说很多莫名其妙的话。她就那样安静地站在邱明身边，感觉她是不会轻易离开的。

雷阵雨来得快去得也快，下了一小会儿，雨就停了。

聂小红还是傻傻地盯着院子里发呆，邱明已经从中队办公室进进出出好几次，甚至还去观察了工人们的动静。估计上午过完，他们就可以收工了。聂小红就会跟他们一起离开了，这下，她应该不会再有这样的机会接近自己了吧，邱明这样想着，觉得很轻松，但那种轻松似乎对聂小红是不好的，他没有多想。

"快看啊！"聂小红忽然喊了一嗓子，她扭过头看了看正准备走开的邱明，指着不远的天边让邱明去看。

天边出现了一道彩虹。有红色、橙色和蓝色三种很明显的颜色，这三种颜色中间还有一些若隐若现的其他颜色，只是不太明显。

"好久没有看见彩虹啦！"聂小红显得很激动。

"是啊，挺好看的。"邱明站在离她不远的地方看了看。

他们二人似乎被那彩虹吸引，不愿意讲更多的话。在聂小红看来，她的余生应该不会有比现在更快乐的时候了吧。邱明看着聂小红沉醉的样子，不忍心破坏她的好兴致，默默地走开了。他忽然有一些感动，不知道是不是因为难得一见的彩虹出现在天边。

49

小李已经确定在九月份离职。他告诉别人自己不是因为消防要改制才会离职的。不过在其他人看来，即使他是因为消防要改制就离职那也无可厚非。毕竟人往高处走。

乔伟跟小李说，就是以后离职了也不要忘了这帮战友们。小李说，怎么会呢，都是一起出生入死的好兄弟。

乔伟问他离职了准备干什么，小李说可能会出国留学，然后再找工作。不过他即使不留学，应该也不愁找不到工作。乔伟说，你真是幸福啊！

小李不置可否，不过他说，如果有需要他帮忙的，他一定会帮忙。

瞿峰倒是没有要离职的打算。他比以前表现得更淡定，有人问起他的打算，他总是说，说不定改制了以后，专职消防员的待遇会比现在更好呢？不过他虽然这样说，其实明眼人都看得出来，他好像并不在乎改制带来的影响，可能他比其他专职队员更关注改制的事情，但改不改制不是影响他好好工作的主要因素。

瞿峰私下问过华晓琴有没有什么打算，华晓琴比他还坚定，她说，继续好好干。瞿峰觉得华晓琴是故意逗他的，不过他没有说出来。自从知道了华晓琴的秘密，他始终保持着一种很礼貌的态度。

"你觉得干部会喜欢上文员吗？"有一次，他鼓起勇气问了一个可能会让华晓琴尴尬的问题。不过在他看来，如果不提醒一下她，岂不是自己这个老大哥没有尽到自己的本分？

"如果喜欢需要考虑身份的话，那应该不是喜欢吧。"华晓琴这样回答他。

"可是如果有人说，你来到消防部队，即使以后不是部队了，就是为了在这里找到男朋友，你会不会觉得很难听？当然了，我不是这样想的，我只是想提醒一下你。"瞿峰有些担心自己的话让华晓琴不高兴。

"我觉得肯定有这样的人，林子大了什么鸟都有，不过我不是这种，自己问心无愧，就无所谓了。"

"可是一个人的精力总是有限的，而一个人年轻的时间也是非常短暂的。"

华晓琴何尝没有想过这个问题，只是如果真的可以考虑那么周全，可以左右自己的心意，那么自己牵挂的一切又算是什么呢？

她很感激瞿峰能时时处处为自己考虑，只是，她好像已经有了自己的打算。

宁辉到底有没有注意到华晓琴这样一个姑娘在默默注视着自己呢？很难讲。在中队，除了邱明，能够了解他的人没有太多。他像是一个影子一样，随处可以看见他的身影，只是没有人知道他到底在想什么。

中队的一切都还按照以前的秩序有条不紊地推进着。夏天很快就要过去了，关于消防改制的消息越来越多。贴吧里，论坛里、微信群里、QQ群里，各种消息层出不穷，一开始只要有新版本的消息出现，大家都会表现得很激动，互相议论，在各种消息的基础上添油加醋，根据自己的想象再添加一些具体的细节，甚至把几个版本的消息加工整合，变成另一个版本的消息传出来，这样的状态持续了一段时间，后来大家渐渐都麻木了，听到别人议论也没太大反应了。

等立秋过了以后，几场雨把炎热的天气浇凉了许多。

一次支队的视频会上，领导传达了上级的指示，让所有人都要端正态度，要相信改革会越来越好，历史上每一次改革带来的都是积极的影响，不要议论，不要散布小道消息，一旦发现有人散播谣言，一律严肃处理。

听到领导这样讲，大家明白了两个道理：改革是千真万确的事情了，就在不远的将来；还有就是如果妄加议论，会自食恶果。

华晓琴不知道是从哪里听说宁辉马上就要转业了，按理说他还没有到转业的年限，地方大学生入伍的干部一般都在入伍时就签订了协议，协议上规定了最低服役年限，宁辉显然还没有达到最低服役年限，除非他选择复员。不过选择复员也不是没可能，宁辉家里是做生意的，他选择复员刚好子承父业，也是一个不错的选择。

因为不确定，华晓琴的心里七上八下的，她又不敢直接去问宁辉，只好偷偷问瞿峰关于宁辉要走的消息是不是真的。瞿峰说他并没有听说，他很关注消防改制的消息，可是关于中队这些人的去留反而表现得没有那么关心。不过瞿峰答应华晓琴找机会问清楚。

几个干部里，瞿峰接触比较多的是邱明，有一次训练休息的时间里，瞿峰跑到邱明身边，笑呵呵地套近乎。邱明知道瞿峰肯定是有事情，便问："怎么，最近又在研究什么？"

"我哪会研究啊，我这水平什么都研究不出来。"

邱明听出瞿峰已经找到了话题继续下去的通道，继续打趣他："你可是技术型人才，别太谦虚了。"

"最近真没研究什么，就是对改革的事情挺感兴趣的，我知道现在上下都管得很严，而且隔墙有耳，不能随便议论这个。"他说着看了看四周，像是在观察一下有没有人偷听一样："但我挺想知道你们作为干部是怎么想的，像我们专职队员其实还是处于观望的状态，都盼着能越改越好。"

邱明听他说得头头是道，甚至有些摸不准瞿峰到底想知道什么。"我们几个，那你要分人了，我肯定还是老样子，我已经做好了准备，一条道走到底，我和别人约好了。"听他这样说，瞿峰笑了起来："是政治处的那个美女吧。"

邱明没有吱声，那意思就是确实如此。他接着说："杜队长呢，他是我们的中坚力量，是在消防部队里摸爬滚打多年的人，也是支队培养的优秀人才，他肯定是要继续干下去的，估计少了他这样的好队长，我们估计也不会好过到哪里。"

瞿峰连连点头："那是那是。"

"至于宁队长嘛，那我就不太确定了，但是跟他聊天的时候，没听到什么新的动向，他毕竟年轻，可能和我们有代沟吧。"

　　这次聊天以后，瞿峰并没有急着和华晓琴联系，他琢磨了一下，和宁辉住在一个寝室的邱明都不知道宁辉到底是怎么想的，其他人就更不可能知道了。

　　过了几天，华晓琴又问起来的时候，瞿峰就照实告诉了她关于宁辉是不是要走的事情，答案是不确定。

第九章　生机

50

　　几场秋雨让所有人暂时体会到了凉爽的秋意，只是秋老虎还是悄无声息地出现了，除了早上和晚上感觉不到炎热以外，大部分时候空气都是燥热难耐的。中队的出警量有增无减，除了火灾还有很多救援和社会救助类警情。每次出警回来，人人都像是蒸了桑拿。

　　这天晚餐集合之前，大家都开始议论另一个消息，关于华晓琴和宁辉之间的事情。事情大致是有人看到宁辉和华晓琴在一个小角落里，华晓琴哭得很伤心，后来有人就借题发挥，说他们之间有情况。有些人就开始议论，按理说华晓琴作为大队的文员一般是很少有机会来中队的，可是即使在这样机会渺茫的情况下，她依然见缝插针，时不时借着上级要报数据和情况的机会，到中队统计情况，原来她是醉翁之意不在酒。那么宁辉到底做了什么呢？大家就不得而知了，总之这种消息一旦流传开来，对消息涉及的人总是不那么有利的。

　　瞿峰这时候就站出来了："他们之间没有什么，就是很普通的同事关系。"

　　别人就反问他："你怎么知道？你是他们肚子里的蛔虫吗？"

　　瞿峰说："那你又是怎么知道他们之间有事的？"

　　别人就怼回去："我没说他们之间有事啊，那又不是我传出来的。"

瞿峰竟然找不到反驳的话。

因为事关中队的干部，杜军和邱明都知道如果不澄清事实，估计会让宁辉以后很难做人。集合的时候，杜军走到队伍前面要发话了。大家都知道，中队长很少发话，如果不是有事情，估计他是不会在集合时说什么的。

"最近警没少出，人都没有闲着，连嘴巴都闲不下来了。议论什么？之前议论改革，现在议论干部，你们出去了别人都把你们当英雄，你们扪心自问配得上这个称号吗？有点素质行不行，我看你们的思想汇报里写得一个比一个好，说什么要陶冶情操，不断加强世界观、人生观、价值观的学习，你们学习来学习去，就学成了这个样子吗？"

"报告，我有话说。"宁辉打断了杜军。杜军没想到宁辉在这种时候还有勇气站出来说话。他示意让宁辉讲话。

宁辉说："我和大队女文员华晓琴之间是清白的，我从没有跟她多说过一句话，今天是因为她向我表露心迹，被我回绝，所以才会被路过的人看到她在我面前哭的事情。"宁辉说完，所有人都震惊了，杜军甚至有些不知道该怎么收场了，他的气势被削弱了很多一样："关于这件事情，大家不要议论了，清者自清，大家继续干好自己的本职工作，这才是你们应该做的。"

等战士们都进到食堂以后，杜军想跟宁辉说几句话，可是他没有说出口。那天的晚餐吃得索然无味，食堂里人人都不敢发出太大的动静。像是做错了事情，被大人惩罚的孩子一样。

51

九月份很快就到了，小李离职的前一天，他父亲来到中队给所有人送了一个小纪念品。杜军还有些不好意思地说："应该是我们送给小李纪念品，怎么现在反过来了。"

小李的父亲说："在你们这里上班的这段时间，我发现这孩子变懂事了，比以前有担当，不再是那个吊儿郎当的半吊子了。这要感谢所有的领导和战友，没有你们就没有他的成长。"

小李告诉乔伟他马上要去上补习班了，他的英语只过了四级，现在要考托福和GRE，还要复习另外几门专业课。乔伟原本以为小李离职就轻松了，没想到等待他的是更严峻的挑战，在乔伟看来还有什么比学习更难的？估计小李也好不到哪里去，不过小李原本学习成绩就马马虎虎，只是为了锻炼才来到消防部队，现在他父亲觉得他锻炼得差不多了，就要去学别的东西了。乔伟跟其他人说，谁也别羡慕谁，每个人都有自己的难处。

瞿峰那段时间很低沉，没人知道他为什么不像先前那样充满热情了，不过他倒也没有消极怠工，而是按部就班地干好自己的那摊子事儿，该出警就出警，该学习就学习，该训练就训练，只是很少再和任何人谈论别的什么事情。

不过邱明把这一切看在眼里，他知道瞿峰的变化多少和华晓琴有关。

中队现在已经没有人再议论那件事情了，起码没有人敢明目张胆地议论，宁辉也没有受到任何影响和冲击。

只是那件事情还是被人传了出去，周末他们可以用手机跟亲人和朋友联系，有人接到其他中队战友的电话询问这件事情。

宁辉知道以后还有些生气，不过他没有站出来说什么了。他甚至有些后悔那次在队伍前面，极力撇清这件事情，因为他明显感觉到从那以后，杜军和邱明都在刻意回避他。甚至中队其他人，尽管大家不再当着他的面议论什么，可是他能感觉到那些人都因为他的所作所为对他的态度发生了改变。

52

如果不是彭振宇到中队检查工作，所有人都不会知道华晓琴也在九月初就离职了。大队长说，事情过去就过去了，本来就没有什么，不过这种事情说出去就是不好听，以后也就没有人说了，流言止于智者。

他把三个干部喊到一起，对这件事情一笔带过，好像在他看来，那都不是什么重要的事情。他更关心的是中队最近有没有其他的问题。杜军告诉他，从表面上看起来，甚至比以前还要稳定。彭振宇对杜军这个说法很感兴趣，本来愁眉苦脸的他甚至露出了久违的笑脸。

瞿峰跟华晓琴打电话，想问问华晓琴出去了准备干什么，华晓琴支支吾吾的感觉，像是不太愿意告诉瞿峰自己的事情。直到瞿峰说可以把她介绍到自己以前上班的那家企业工作的时候，华晓琴才告诉瞿峰自己已经找到了工作，在一家待遇还不错的企业上班。华晓琴说待遇比以前好很多，而且在市中心，交通很方便，新的同事都很友善，大家经常下班了一起出去聚餐，以前在消防大队上班的时候就没有这么多可以谈心的同事。

瞿峰听了以后觉得很高兴，他对华晓琴说，工作开心就好，能找到这样的工作是很难得的。快挂电话的时候，华晓琴对瞿峰说了"谢谢"。她没有多说别的什么，不过瞿峰听出来她似乎不太愿意和以前有交集的人继续聊下去了。那可能是需要换个心境的意思吧。瞿峰也没有跟她说以后要多联系之类的话。他知道华晓琴现在过得不错已经很开心了，像是悬着的心也落了地一样。

恐怕以后他们就难有什么交集了吧，可哪怕是在他们人生中这么短暂的不期而遇，而后又擦肩而过，依然会让他感慨万千。有些人出现在我们的生命里，就像流星一样，一闪而过，却会在不经意间照亮身处黑暗中的我们，甚至为我们指明前进的方向。

彭振宇一连几天都在外面，不仅检查了一些社会单位，还抽时间到大队下辖的三个中队转了转，他发现这几个中队各有各的问题，但总体上还是很稳定的。像彭振宇这种身经百战的干部，对中队的事情一清二楚，他能从每个人走路的姿势判断出这个人当天的状态，甚至预测他在工作中的表现。最神奇的莫过于，他能和干部随便聊两句就知道这人最近在不在状态，有没有背地里干什么不光彩的事情。关于金沙中队的事情，他去看了一趟以后就放心了，他一直对杜军很放心，知道杜军这种干部要做什么出格的事情那是概率极低的事情。

倒是北湖中队和高新中队的人比较跳，他去了以后就批评了中队的干部，让他们别又飘起来了，敏感时期要是出了什么岔子，谁脸上都不光彩。

去看了几个中队以后，彭振宇还跟支队参谋长打了电话汇报了情况，把观察到的一些现象言简意赅地做了汇报，并让参谋长放心，自己会一直关注中队的动向，参谋长倒是很关心彭振宇自己的事情，安慰他说，要想开点，到时候转业说不定可以有更好的出路。

彭振宇倒是一副无所谓的语气，不过他没有和参谋长多谈这件事情，随便聊了聊其他话题就挂了电话。

彭振宇当初报自主择业没批的时候，有些以前跟他是竞争关系的人就显得有些高兴，他们也给彭振宇打了电话，说了很多安慰的话，但彭振宇知道这些人中也有人在幸灾乐祸，可彭振宇不是那种沉不住气的人，他反而表现得很淡定，让那些人觉得他现在思想很稳定，看不出任何灰心丧气的样子，他觉得只有这样才能让那些居心叵测的人没那么高兴，起码高兴得不那么彻底。

看别人笑话谁不会？再说自己也不是没有被人看过笑话。

当初一起竞争上岗的时候，比如提正营、提副团的时候，自己也不是一帆风顺，失利的时候还不是心灰意冷，遇到那些比自己早提的人，多少都有些心理不平衡，可后来随着时间流逝，那些伤心难过的往事不是都烟消云散了吗？时间是一剂良药，可以治愈一切。

后来他听有个和他一批入伍的人跟他议论那些比他们早提的人……彭振宇这人有个特点，或许在别人看来不是什么优点，就是他好像对所有人都设有防线，一般人可以感觉他很平易近人，可很难从他那里听到任何不好的言论或者议论。

所以就是这样的彭振宇，当初力挺杜军的时候，明眼人都知道杜军这小伙子肯定不会差到哪里去。

在他得知所有上报自主择业的人里就他没批的时候，他的心情其实比任何时候都低沉。他心里面蹦出来三个字：凭什么？

可是越是在这样低沉的时候，他反而表现得更加淡定，这很难说是由于他的心理素质过硬导致。在杜军看来，如果有什么不舒服的事情，还不如发泄出来。因为情绪都需要一个出口，否则把不开心的事情闷在心里，人是会被憋坏的。

杜军很想跟大队长聊聊，帮他疏导疏导，可是大队长那云淡风轻的样子，他也找不到合适的理由。

彭振宇不仅去了中队，在检查社会单位的时候，他还去了高新区的慢时光体验馆。这是宁辉父母开的养生会所，会所里不仅可以做养生项目，还有美容项目，而且不限男女。

宁家栋一看是彭振宇来了，很快就安排了一个包间给彭振宇，甚至让他去体验一下酵素浴，还说要做个肩颈理疗，彭振宇问这两个项目售价多少？服务员是个刚来的小姑娘，不太懂得人情世故，张口就说差不多两千多吧。彭振宇心里一惊，没想到价格这么贵。

彭振宇后来并没有体验会所里的项目，他仔细检查了一下疏散楼梯和疏散指示标志，详细询问了一些会所情况，简单提了要求以后就离开了。检查时，他发现会所通过疏散楼梯的门都被锁住了，宁家栋解释说平时都是打开的，那天是有人在打扫卫生，所以才锁住的。彭振宇让他们赶紧把门打开，宁家栋让服务员去找钥匙，服务员拎着一串钥匙过来，找了半天不知道是哪一把。

彭振宇说："这是火灾隐患，应该当场整改，按照《消防法》是要罚款的。"宁家栋好说歹说才把彭振宇拉到包间喝茶，他让服务员赶紧找钥匙，找不到钥匙就找开锁公司上门开锁。

彭振宇一直等到开锁公司把几个楼梯间的锁都打开才离开。

等彭振宇离开以后，宁家栋又把楼梯间的锁锁上了。在一楼的拐角处，他堆放了很多货物，那是他低价从别人手里抢到的，准备之后开新的项目，货物很多，他只好放在会所的楼梯间，服务员问他要是消防大队再来检查怎么办，他说没关系，他自有办法。

53

国庆节期间，中队三个干部轮流休息了一两天，不过都没有离开武汉。

支队有规定，国庆前全市消防部队就进入二级战备，停止一切探亲休假。休息也只能在武汉市市内活动。

王筱澜和杜军到张家界旅游的计划泡汤了。她只好约了几个好朋友一起去。杜军给她准备了一些零食让她在路上吃，不过王筱澜有些恹恹的，她没有说什么，只是用沉默表达了自己的失望。杜军安慰她说，以后有机会再去，等他休假的时候可以去西藏或者大西北看看，王筱澜冷笑着说，还不知道你能不能休假呢。杜军前一年确实没有休假，那时候他刚到金沙中队，又遇上比武，中队也刚刚组建，他放弃了休假的机会。他没有继续解释，他让王筱澜出去玩的时候要开开心心的，换个心情。王筱澜想想，倒也不能怪杜军，毕竟工作性质决定了他总是要牺牲自己的休息时间。王筱澜走的时候给杜军准备了一些吃的，杜军说他估计也没有时间自己弄着吃，实在不行就回父母家去待两天，陪陪老人。王筱澜嗔怪他懒，不过杜军看出来王筱澜已经不再生气了。

　　白婧国庆期间还加了几天班，有几个报表要在国庆节过完以后上报给省总队，全市的主题教育活动也即将开展，她还有方案和几个讲话稿要修改，等她忙完了就可以和邱明一起到武汉周边的几个景点转转。

　　倒是宁辉没有对国庆节表现得很热衷，他值了几天班，不值班的那两天还每天跑到中队，杜军和邱明都说他太敬业了，一点不像现在的年轻人，宁辉说出去到处都是人，又堵车。他没有告诉杜军和邱明的是，他如果不上班，估计他爸妈就要喊他去帮忙，那在他看来还不如待在中队。

　　那几天中队安排了很多活动，拿出了一些经费购买了一些具有象征意义的奖品，中队的战士们也自己动手给自己加了餐。

　　过完国庆节，天气就真的凉了起来，也没有下雨，只是再穿短袖已经有些扛不住了。武汉的秋天很短，一晃就会寒风刺骨。秋天的天气还有些干燥，火警也多了起来。

　　刚刚过完节，中队所有人马上就投入了马不停蹄的工作中。

　　有一天起床后，杜军跟邱明说："今天不知道怎么回事，我的右眼跳得好厉害，那句话怎么说来着？左眼跳什么，右眼跳什么？"

邱明觉得好笑："你作为中队长怎么能散布这种不科学的思想，眼皮跳跟毛细血管中的血液流动有关系，并不是有什么征兆的表象。"

"你怎么一点都不幽默？"杜军说，"你一本正经的样子很讨厌。"

邱明不接他的话。

不过晚上熄灯以后，警铃就响了起来，杜军很快就带着两辆消防车赶到临近的一个地方处理一起民房火灾。秋天气候干燥，民房火灾频发。宁辉说要跟他一起去，刚好支队要求夜间的火灾要提高调派等级，杜军同意了，剩下邱明一个人在中队。

杜军走了不多久，电铃又响了起来。接警员急急忙忙跑过来说这是一起增援，是高新中队的警，邱明一看，起火地点是慢时光体验馆。睡得迷迷糊糊的他，看到这个地点好像想起了什么，像是听说过一样，但具体是在哪里听说的，他想不起来了。他在手持电台中告诉杜军自己要去高新区增援，杜军说自己那边的警就快要处理完了，如果需要增援就告诉他。邱明回复说，等到了现场再看。

半路上，邱明掏出手机才发现，白婧前一天晚上给自己发了消息，问他周末有没有安排，他估计睡着了没看到。

邱明看了看时间，是晚上 11 点 23 分。这个时间不知道白婧睡觉了没，她偶尔也会加班到凌晨，但不加班的时候一般都很早就会上床睡觉。为了不让白婧担心，他没有回消息。

邱明到现场以后，一个打扮很得体的中年女人跑过来拉着他的胳膊说："快救救我老公，他还被困在里面，我儿子也是消防队的，他叫宁辉。"

邱明听到宁辉两个字，瞬间就更清醒了，原来这个地方他真的听说过，只是因为不感兴趣就没有记住这个名字，他努力让自己镇定下来："他被困在什么地方？还有其他人被困吗？"

"他在楼道里搬东西，一楼最里面的包间里还有三个客人……刚刚的那拨人去的是二楼……"

听着她语无伦次的话，邱明判断出高新中队的人已经去了二楼搜救被困人员。

当邱明和四个消防员冲进火场时，高新中队的战士们已经陆陆续续从二楼下来，被困人员被消防员背着、搀扶着，还有两个被人抬着，已经逃离了一场劫难。

邱明和四个消防员背着空气呼吸器，在火焰中穿梭而过，钻到了二楼。

火越烧越大，按理说如果使用了阻燃处理的墙布是不会蔓延这么快的，只是当初为了省钱，宁家栋买的是劣质墙布。

他们很快就找到了被困的三个群众，邱明让几个消防员赶紧把他们带出去。乔伟问他是不是还要去救人，邱明说还有一个被困的人，他要现在去找到那个人。

乔伟说："让我去吧！"说着，乔伟就要把自己搀着的那个体型肥硕的人送到邱明身边，不过邱明没有同意，他说："你们赶紧出去，我看看有没有其他救生通道。"

他一个箭步就冲进了浓烟滚滚的楼道，宁家栋已经晕了过去，邱明摇了摇他的身体，宁家栋稍微有了意识，然后伴随着一阵咳嗽，邱明递给他一条湿毛巾，捂住了他的嘴巴和鼻子。

时间一秒一秒地过去，火势也在一秒一秒地变得不可控制。好在一切都还有希望，他们如果立刻冲出去，应该不会有什么危险。可就在两人已经走到楼道口的时候，宁家栋像是清醒了一样，他大叫着："我的货啊！"

他一边叫着一边又要蹿回去，邱明一把拉住他，就在两个人推搡的时候，邱明感觉自己的面罩撞到了什么尖锐的物体，他的脑袋也跟着撞了一下，不过他来不及考虑这些，情急之下，硬是把宁家栋拖出了火场。

宁家栋终于得救了，叶晓芬抱着他痛哭流涕。

乔伟冲上来说："指导员，你的额头怎么受伤了？"

邱明这才反应过来，一股火辣辣的痛感袭了上来。

54

医院的病房外面，白婧傻傻地坐在那里，她嘴里在喃喃自语：他应该只是暂时的吧，不，肯定是的……好人有好报，他不会有事的……

聂小红啪嗒啪嗒跑过来，她不管白婧是不是又要和她吵架，她要冲进去看看邱明，可白婧已经拦住了她："他刚刚睡着，你让他好好休息休息。"

"他怎么了？怎么会受伤？"

"医生说是暂时性失明……"

"怎么会这样？暂时会是多久？"

"医生没说，医生说，这要看造化了……"

"看造化？什么叫造化？"聂小红的眼泪已经流了下来，但她不知道自己已经哭了："医生在哪里，我要去问清楚，你告诉我，他在哪里？"

白婧拉住她："你能不能安静点，让他安静点，好几个医生都是这样说的……"

白婧忽然浑身哆嗦起来，她之前已经觉得自己哭干了眼泪，现在看到聂小红，不知道为什么，眼泪再次不听话了。她捂着嘴，把头埋进了胳膊里。

聂小红终于意识到自己似乎再次刺激到了白婧，她默默蹲在白婧身边，紧紧挨着白婧，任眼泪止不住地流了下来。

杜军和宁辉还有中队的战士们、专职队员们都轮流来陪护邱明，邱明渐渐恢复了体力，只是他还是看不见。

邱明的父母也来了。邱明很少对人提起自己的父母，他们都是很朴素的中年人，他的父亲头花已经花白，母亲很随和，不多言语，他们在人前都表现得很客气，也不会说太多话。邱明发生了这种事情，那是他们最不愿意看到的。

杜军有一次在医院的角落里，看见邱明的父母站在那窃窃私语，两人在没有旁人的时候终于没忍住，哭了起来。杜军没有上前去打扰他们，他知道自己贸然出现只会让他们继续压抑悲伤的情绪。

邱明倒是表现得很平静。他恢复体力以后就开始让人扶着他下床走路，甚至还到医院的小花园里呼吸了一下新鲜空气。他告诉那些来陪护他的人，他这样挺好，不用出警，感觉整个人非常轻松，神经也不是一直紧绷着，以前听到电铃就一激灵，现在终于不用听了。

医院组织了几次会诊，结果并不乐观。导致失明的原因有很多，邱明属于头部受到撞击以后出现的失明，有恢复视力的可能，只是概率非常小。一开始，邱明的父母都很盼望医生会诊，可一次次结果出来，他们渐渐认清了那个事实，自己的儿子很有可能一辈子都不会看见光明了。想到这里，他们的心就开始抽搐起来。

邱明有一天让宁辉把自己寝室里的那个手提包带到医院，邱明从手提包里掏出自己的钱包，把银行卡交给父母："这么多年攒的钱都在这张卡里了，你们拿着吧，我现在也用不上了。"父母不要，他就一副很着急的样子，最后邱明像个小孩子一样把银行卡扔在床上，母亲怕别人看笑话，只好收了起来："我们先帮你收着，我们自己有工资，退休也有养老金，你的钱你自己留着，将来还要娶媳妇用呐……"说到这里，母亲的心像是被什么刺了一下一样，她很快就站起身走出了病房。

日子似乎过得异常缓慢起来。看不见光明的世界会是什么样子？没有了各种鲜亮或者暗沉的色彩，看不见一望无际偶有云翳覆盖的天空，一切都是黑色的，或者连黑色都不是，会是什么颜色？

没有人会去问邱明这个问题，而邱明似乎早已接受了那个事实。

宁辉的父母也来看过邱明，他们买了很多东西，说了很多安慰的话，宁家栋扑通一声跪在床前，请求邱明原谅。邱明缓缓下床，摸索着扶起宁家栋，他淡淡地说了句："那是个意外，谁也没想到会发生意外，我只是做了自己应该做的事情，我没有怪过谁，您也没必要内疚。"

支队的领导也来看望了邱明，并且告诉他和他的父母，一切都不要担心，会有赔偿，也会有后续的保障。只是邱明觉得不应该麻烦上级，他推脱着，觉得自己不应该被太多人关注。领导还告诉他们一个消息，很快就会有媒体来采访他，上级决定把他塑造成一个英雄，在各大媒体上宣传消防员的英勇事迹。邱明没有表态。领导说，这是好事，不仅可以让更多人关注消防事业，也可以宣传我们消防员的正面形象。

一旁的聂小红说了一句："那可以让他恢复视力吗？"

沉默的邱明吭了吭嗓子，聂小红知道他的意思是让自己不要无礼，领导也没有继续坚持，而是很巧妙地转移话题后就离开了。不过他们知道他还会过来的。

等领导离开以后，邱明和聂小红开玩笑："你怎么这么喜欢怼人？"

"我什么时候怼过你？"聂小红说。

"你看，你回答我的问题，就是用那种方式。"邱明说。

聂小红不说话了。她每隔几天就会来一次。父母问邱明她是谁，邱明告诉他们，那是他的好朋友。聂小红也附和着说"是是是，好朋友。"不过她心里不是这样想的。她想，要不是白婧，她应该是未来的儿媳妇吧，这样想着，她就笑呵呵的了。

母亲跟邱明说："这个姑娘也不错，比白婧要娇气一些，不过应该很听你的话。你看她对别人都凶巴巴的，就跟你说话的时候软绵绵的。"

邱明说："妈，你到底想说什么？这话不能乱说。"

"你脸都红了，真是的，这么大人了，还害羞。"父亲在一边说道。

邱明知道自己说不过他们两个人，就赶紧转移话题。

他们聊到出院以后的打算，父亲语重心长地说："等出了院，咱们就回家，你也好长时间没回家了，以后的事情以后再说吧，不能老是麻烦你们同事，等有时间了，我去给你收拾收拾东西，到中队把你的东西都捡一捡，你说呢？"

邱明点点头，过了半晌，他的声音忽然变得哽咽了："爸，妈，对不起，我让你们失望了！"

母亲一下子被邱明的话击中了，她开始不停抹眼泪："这不能怪你啊，傻孩子！"

55

支队领导很重视这起火灾，派了防火处的火调科科长带领工作组重新对火灾现场进行调查。他们通过火灾现场询问、勘查、物证鉴定、原因认定、损失核定等一系列流程，最终确定了火灾原因。

这次火灾是由于一名客人在按摩后躺在按摩床上抽烟，烟头点着了一楼的包间，之后火势蔓延至二楼，由于装修过程中使用了未经过阻燃处理的装修材料，导致火势迅速蔓延。

火灾追究责任的通报很快就下来了，当时给这个会所办理开业的消防监督员被处分了。抽烟的那个客人被刑事拘留，宁家栋也被拘留。

过了不多久，支队督导组又来到金沙中队，了解了中队的一些情况，等督查通报下来以后，宁辉也接到上级的调令，他要去一个更偏远的中队任职。

这一切变故，没有人告诉邱明，但邱明还是知道了。

有一次杜军到医院看邱明，邱明简单问了几句，杜军都一一回答。医院里人来人往，他们也没有机会说更多私密的话。杜军走之前告诉邱明，支队已经派人去中队采访邱明的光荣事迹了，战士们表现都很踊跃，大家都讲出了很多精彩的片段，估计会把他的形象塑造得十分光荣。

邱明没有表现出任何态度，只是能看出他好像对这种事情已经失去了兴趣。杜军也就没有继续说下去。

第二天，去打饭的父亲回到病房以后，发现病房里空无一人，母亲这时推开门问他怎么了，父亲说怎么没看见邱明？母亲说刚还在啊，她看他睡得正熟，去了一趟卫生间。

邱明失踪了。他在一张纸上，歪歪斜斜写了一段话：

爸妈，我出去散散心，你们不要担心，等我散完心会回来找你们的。你们回去上班吧，一定一定不要为我担心，我会好好的。麻烦转告白婧，让她也不要为我担心。我不想拖累你们，你们帮我劝劝她，要是遇到合适的人就忘了我吧，不要等我了。

白婧知道以后，变得失魂落魄了一样。她去了所有和邱明一起去过的地方，始终没有找到邱明的影子。上班的时候，她不再是那个兢兢业业、埋头苦干的"拼命三娘"了——那是邱明给她取的外号，她有时候坐在电脑前面发呆，一坐就是一上午，没有人去打扰她，领导也跟她谈了几次心，不过收效甚微。

之后原定的采访计划，只好由杜军来完成。杜军也并不愿意配合，可是有人给他出了主意，如果你通过镜头呼吁热心观众，说不定会有线索。杜军终于动摇了。杜军按照上级的指示，讲了很多邱明的光荣事迹，他还在镜头前呼吁热心人，看到邱明以后一定要第一时间联系他们。

节目播出以后，引起了强烈的反响，人们纷纷称赞消防员不畏艰险、舍己救人的精神，只是杜军更关注的是会不会有人发现已经行动不便的邱明，把他带回来呢？邱明会不会干其他傻事？杜军很担心。

王筱澜也动用自己的社会资源希望找到邱明的踪迹，可是邱明走的时候只带了一小部分现金，查不到他刷卡或者住宿的记录。

白婧消沉了一段时间，她忽然想到一个人，感觉整个人都有了精神。她找到了聂小红。

聂小红问她："你怎么又来了？"

"你是不是知道邱明在什么地方？"白婧上前拉住她的胳膊。

聂小红推开她："我怎么可能知道？"

"不，你肯定知道，你刚刚看到我的第一句话是问我为什么来了，而不是问我邱明找到了没有。"

聂小红说："你真是，我要是知道，我还会在这里吗？我肯定要去陪着他不是吗？你能不能动动脑子？"

从聂小红那里离开以后，白婧找到了杜军，她说："聂小红一定知道邱明去了哪里。"杜军问她："为什么，如果知道，她为什么不告诉别人呢？"

白婧说："我和邱明都是那种感觉很灵敏的人，而且我们的感觉很少出错。"

杜军竟然笑了起来："白婧啊，你还是冷静冷静吧，大家心里都不好受，或许我们都需要时间调整一下。"

白婧后来没有坚持说下去了，她知道自己再说下去，估计真的会被杜军当成精神失常。

56

2018年11月9日，消防队伍迎来了历史性变革的一天，这个光荣的集体从消防部队变成了消防救援队伍。他们的作训服由橄榄绿变成了火焰蓝。

杜军参加完授旗授衔换装仪式不久后的一天，王筱澜因为身体不适去了医院。

一连几天，她都吃不下东西，路过小区楼下的小吃店，还一阵阵地犯恶心，她以为是自己的老毛病又犯了。十三岁那年，她肚子疼去医院检查出来有慢性阑尾炎，当时医生说不严重，输了几瓶液就好了。之后每年都会犯个一两次，尤其是刚入春的时候，只要右下腹隐隐作痛，她就知道是自己的老毛病又犯了。

她没有告诉杜军，自己一个人跑去医院，看看能不能趁天还没热做个微创手术，省得以后再疼。

谁知道，医生还是建议她再检查一次，于是就查了血，照了

B超，拿到结果以后，她发现并不是自己想的那样。她怀孕了。

这之前的一段时间，她一直尽量避免和杜军谈到这个话题，甚至有几次她一个人在家的时候会胡思乱想，以为自己再怀孕恐怕很难，没想到一切来得这么出其不意。医生告诉她，胎儿现在发育得很好。

王筱澜给杜军打了电话，杜军很激动，不过王筱澜跟杜军说，还没到三个月，三个月以后再告诉别人，这是她妈特意交代的。

杜军说他不会说的，后来杜军只告诉了自己的父母，还传达了王筱澜的指示，尽量不要外传。

宁辉到新中队以后，并不受人待见。他好像变得比以前成熟了，不再是心事重重、拒人于千里之外的样子，他很平静地接受了事实，也很平静地接受了那些对他不那么友善的态度，在他看来，似乎那都不是阻碍他的绊脚石。

他常常想起邱明在医院时，面对安慰他的人总是温和的态度。一开始宁辉总觉得邱明是强颜欢笑，就如同他之前排斥邱明的理由——他认为邱明的友善是一种伪装，可当邱明经历了那么大的变故，依然保持了以前的样子以后，宁辉不再怀疑了。他想，邱明并不是在演戏，他所呈现出来的样子一直都发自内心。

还记得在金沙中队的时候，有一次，宁辉问邱明最喜欢的一句话是什么。邱明说了一句英语："May there be enough clouds in your life to make a beautiful sunset."

宁辉说："这好像是小学课文里的。"

邱明说："是的，冰心写的《霞》，那句话翻译过来就是，愿你的生命中有够多的云翳，来造就一个美丽的黄昏。"

宁辉发现，邱明似乎拥有某种力量，他不害怕挫折，也不会被轻易打败。

可是他只愿意自己承受一切，他选择离开，成全白婧，不让父母担心。想到这里，宁辉的眼眶就湿润了。

宁辉一度是有些不愿意面对自己的父母的，可当他平静下来以后就会想，如果是邱明在身边，一定不会让他这么做。这样想着他就有了改变的理由。

他很少再抱怨了，也很少再萎靡不振，偶尔也会在夜深人静的时候觉得感慨，可更多的还是想用一种积极的态度去创造属于自己的生活。

一个周末，杜军接到白婧的电话，问他要不要一起去一个地方。

杜军问她要去什么地方，白婧说去了你就知道了。

杜军心想，白婧很少主动跟他联系，她也不是那种喜欢恶作剧的人，这样一想杜军就表现得恍然大悟一样，他一口就答应了。

白婧还有些不适应，她夸杜军："榆木疙瘩开窍了？"

一起去的还有王筱澜，还有宁辉，还有聂小红。

去之前，他们都没有对这次出行议论太多，大家好像都充满了期待，但又不敢过多臆测。

聂小红找了一辆商务车，每个座位都带按摩功能，每个座位前面都有一个小显示器，可以看电影或者听歌，杜军说你是把按摩院开到车上了啊。

他们一路上有说有笑，聊得最多的大概都是和邱明有关的事情。虽然邱明离开他们有一段时间了，可关于邱明的一切仿佛都历历在目。甚至王筱澜也能说出关于邱明的几件好玩的事情，尽管她和邱明的交集也就那么几次而已。

车子渐渐驶离了市区，车窗外面的景致变得开阔。

冬天已经悄无声息地远去了，春风吹绿了树叶，吹皱了江水。

朗朗晴空，只飘过几丝云彩。经过一片林子，鸟鸣阵阵，回荡在天际。

阳光普照万物，它们挣脱重重阻碍，努力从萌芽期苏醒过来。

不管冬天多么漫长，当春天来临，似乎所有的等待都微不足道了。